悦读好故事系列丛书

十里花屯的枪声

SHILI HUATUN DE QIANGSHENG

赵　谦◎著

安徽师范大学出版社
·芜湖·

图书在版编目(CIP)数据

十里花屯的枪声 / 赵谦著 .—芜湖:安徽师范大学出版社,2017.3
(悦读好故事)
ISBN 978-7-5676-2620-1

Ⅰ.①十… Ⅱ.①赵… Ⅲ.①故事-作品集-中国-当代 Ⅳ.①I247.81

中国版本图书馆CIP数据核字(2016)第215192号

十里花屯的枪声　　赵　谦◎著

责任编辑:吴　琼
装帧设计:任　彤
出版发行:安徽师范大学出版社
芜湖市九华南路189号安徽师范大学花津校区
网　　址:http://www.ahnupress.com/
发 行 部:0553-3883578　5910327　5910310(传真)
印　　刷:浙江新华数码印务有限公司
版　　次:2017年3月第1版
2017年3月第1次印刷
规　　格:700mm×1000mm　1/16
印　　张:13.375
字　　数:187千
书　　号:ISBN 978-7-5676-2620-1
定　　价:35.00元

目　录

第一辑：我要留下来

第二辑：十里花屯的枪声

第三辑：诡计多端

第四辑：寻你千百度

第一辑

我要留下来

第一辑

我要留下来

公司倒闭了，王小玮失业了，只好先找个临时活。原先一个月能挣四千多，可以说衣食无忧。自己花剩下，还能把三千多寄回家里。而现在竟然连一千都挣不到。正好在老家的妻子打电话来说自己想开个餐馆，让王小玮回去帮忙。王小玮就骑着那辆老式的摩托车，带上行李，一路奔驰，朝家乡赶去。正值中午，太阳在头顶朗朗地照着。他饥渴难当，就想拐过弯后停在路边，先吃点东西，可是还没等他减速，就撞上了一辆迎面驶来的自行车。现在很难说是谁的错误了，因为这是在弯道上出的事情，况且王小玮的摩托车速度要快很多。更要命的是，王小玮仔细一看，自行车上摔下来的是一位老者。

王小玮赶紧爬起来，来到老者的面前。老者也正试图站起来。王小玮忙把他按住，说道："您应当是受伤了，最好先不要动。"可是老者看着他的头，说："年轻人，受伤的是你，我没事。"王小玮感觉到脸颊上热乎乎的，用手一摸，是血。王小玮这才意识到自己的头盔刚刚被摔掉了。

王小玮轻轻晃了晃脑袋说："我年轻，没事。倒是你，需要医治。因为我刚才看见你头部撞地，去年我的一个工友就是这样……"

"那是别人，年轻人，我真的没事，今天是我外孙女的生日，我得去给她买生日礼物。"老者说着还要站起来，可是竟有点晕花的感觉，王小玮看看四周，连一个人影都没有，他只好掏出手机，向紧急中心求助。老者还是执拗地想离开。王小玮好言相劝，说到医院检查一下用不了多少时间，如果没有大碍的话，不会耽误跟外孙女过生日的。

“小伙子，你这是何苦呢，我都说没事了。”老者的言语显然带着强烈的不满。好在此时，急救中心的车已经呼啸而至。

来到医院，老者竟然出现了昏迷状况。医生赶紧采取措施，通过一系列检查显示，老者是腹腔内出血。很快被推进了重症监护室。医生对王小玮说幸亏来得及时，否则就可能没办法抢救了。

王小玮也为自己的坚决果断感到庆幸。他这才想起自己伤口，让别的医生看了看，只有一个小口子，稍微包扎了一下就没事了。

王小玮掏出了自己身上所有的钱给急救中心，可是这远远不够，他担心医院会因此停止抢救病人，可是医院让他放心，医院可以先行垫付一部分的。并告诉他，当务之急，是赶紧跟老者的亲属联系上。王小玮这才想起老者的外套还在自己手里头，于是赶紧从衣兜里找到一个号码簿，从电话簿上，王小玮知道了老者叫陆云中。先打第一个电话，因为这个电话，标示的“家里”。王小玮听见话筒里传出来的是一个小女孩的声音，他意识到这应当就是老者的外孙女，女孩年龄显然不很大，因为王小玮的解释她都听不懂。但是他却听懂了她现在一个人在家里，正等着外公的生日礼物呢。

王小玮马上想到了各种可能性，要是孩子长时间等不到外公怎么办，会不会爬窗子？会不会呼救？会不会给陌生人开门？王小玮感觉背上冷飕飕的。于是毫不犹豫地向警方报告了情况。然后他又试着拨打其他号码，费了九牛二虎之力终于联系上了陆云中的两个孩子，不凑巧的是他们都在外地。他们一听父亲受伤了，非常着急，表示会马上赶回来。

急救中心已经下了病危通知。这让王小玮倍感震惊。不过医生解释说现在还有百分之四十的希望，他们会竭尽全力。

王小玮哭了，他没想到自己会惹下这么大的祸。犹豫了半天，还是拨通了妻子的电话，说明了事情的经过。妻子在电话里免不了一阵埋怨，说为何要开那么快，为何不小心一些等等。王小玮只是听着，他无心，也无力反驳。妻子埋怨完了，说钱都进货用了。本来这个星期餐馆就要开业了。他吞吞吐吐地说要不先把货退回去。妻子想了半天，重重地叹了口气，说也只有这个办法了。

陆云中还没有醒过来。他的儿子和女儿来到医院，本来在路上就想见着肇事者先给他一顿狂揍的。但听医生讲述了经过，他们改变了想法，没有做出过分的举动。可是王小玮却为此充满了内疚，心想还不如被揍一顿好受呢。

医院打出了花费清单。这是一笔很大的数字，而后续治疗更是一个天文数字。陆云中的两个孩子都不富裕。幸好，王小玮的妻子把货退了以后，带来了一笔钱，但也只够填补欠下的那些。而这时，正好有媒体刊登了这件事。于是有不少人来为陆云中捐款。但也只是杯水车薪。

王小玮的妻子在医院旁边租了间房子，她发挥自己的特长，为丈夫和陆云中的两个孩子做饭。很快大家就熟了。陆云中的两个孩子跟他们倒像是老朋友了。

这天，有个很阔绰的中年人来到他们这里，他自我介绍说是威华公司的老板，名字叫张大华。威华公司？陆云中的儿子默念着。“是我父亲修鞋时常待的那个地方吗？”张大华点了点头说：“是的，你的父亲每天都在我们公司门口那里摆摊。可是这几天他没有去，一打听才知道，他老人家出了事，我今天来就是代表公司来向你们做出保证，他剩下的治疗费用，我们全包下了。”

这可真是太好了。所有的人都激动地跳了起来。王小玮和妻子更是泣不成声。陆云中的女儿问：“张总，有件事我不明白，因为我早就听说我父亲在你们公司的门口摆摊了,可是作为一家高科技的知名公司,为何一直容忍父亲这么做呢?难道父亲不会影响到你们的公司吗?”

张大华笑了笑说:“这有什么呢?刚开始的时候,或许我们不适应,但时间长了,我们都感觉到是一个整体了,而且你父亲的确给我们的员工带来了很大的方便。我今天来还有一个目的。”

是什么目的呢?大家洗耳恭听。张大华问王小玮下一步有什么打算。王小玮就说本来想回家帮妻子开餐馆的,现在看来这很渺茫了。

张大华说我们有个很重要的想法,就是想让你到我们的公司来,我们可以给你每月一万两千块。

天哪!所有的人都惊呆了,这可是一个很大的数字。张大华说我们看了关于你的报道,你有很多机会可以跑掉,可是你却勇敢地留下来,还倾家荡产为陆云中治病,我们看重的就是你这种敢于担当的精神。我们有一个岗位正好需要像你这样的人。

王小玮犹豫着说自己可能不能胜任。张大华说我们早为你想到了,决定先对你进行培训,然后再上岗。这样你妻子可以继续回家开她的餐馆,所需要的资金由我们公司想办法。

王小玮夫妇没有理由不答应了。

所幸,经过一段时间的精心治疗,陆云中老人痊愈出院了。而这段故事却一时成为佳话,让人深深感动,久久不能忘记。

智者取胜

困局

最近，稳泰镖局的当家人严开光一直闷闷不乐。这也难怪，自从去年以来，镖局接连失了几次镖，损失惨重，更重要的是已经影响了镖局的信誉。尤其是今年刚开春为瑞欣票号押镖时，所聘请的武术大师林远竟然也失镖，有种说法是他被自己的大徒弟白云鹤反水，劫走了所押物品，他受不了如此打击，气绝身亡。也有说他将货物私吞，然后逃之夭夭了。无论哪种说法，结果都得稳泰承担责任，更为严重的是一同前往的严开光的儿子也被打成残废。这简直让他走投无路。没有办法，严开光最后只得把祖上留下的几百亩良田拿去做赔偿。到现在已经很长时间没有客家来找他们押镖了。他知道，眼下的当务之急是要物色一名能够独当一面的镖师，唯如此才能重树信心，重振镖局。他相信重赏之下必有勇夫。

果真，这天有下人来报，说一名大侠求见。严开光忙到外亲自迎接。只见来人是一名二十多岁的青年，身上背一把宝剑，气宇轩昂，英俊魁梧，看一眼就让人不由得有几分喜欢。这时家里的一些镖师和严开光的女儿严榴也闻讯前来。进了屋，青年自我介绍名叫欧文龙。严开光开门见山，问道："请问大侠，为何来我这？"欧文龙说："早就仰慕稳泰的牌子，正义，讲信用。"闻听此言，严开光欣慰的一笑，难得此刻还有人说这样的好话。正义和信用，正是镖局能历经风雨，到现在仍能巍然挺立的原因。少顷，他收敛笑容，说："能来稳泰镖局的人，必定身怀绝技，不知大侠能否让严某开开眼界。"说着做了个请的姿势，一群人就到了院子里。

欧文龙也不客气，抽下身上的宝剑，在手里轻轻一拭，严开光和严楣同时注意到他的这把宝剑明显比一般的剑要宽和粗，尤其是在手柄处，更是设计独到。欧文龙一个"白鹤展翅"离地三尺，宝剑在手中像暴风来袭一样，让人有云里雾里的错觉，风中带着丝丝杀气，使人不寒而栗。严开光很是高兴，几个回合下来，欧文龙面色不改，大声说道："在下献丑了。"严开光笑着说："请大侠继续，让大家过够瘾。"欧文龙眉间轻轻一动。正在这时，一个下人过来对严开光耳语了几句。严开光顿时面露喜色。吩咐大家各忙各的，然后对欧文龙说："大侠，请与我来。"

在客厅里，早有两个客人在等候。严开光认得，是本地最大的富豪柳文溪。两家以前常有往来，稳泰曾经多次为其押镖。互相问候之后，柳文溪一脸的严肃，说道："下月十六是朝廷太师爷的六十寿辰，我们有一份厚礼需送往京城，思前想后，还是请严老弟帮忙。"严开光感激地说："与其说是我帮忙，倒不如说是您看得起稳泰，帮我们的忙，我们一定万无一失地送往京城，请放心。这位是我们刚请到的欧大侠，完全可担当此任。"柳文溪看了欧文龙一眼，心事重重地说："我是看在多年交往的份上才请稳泰出山。而且我们出的价钱也是蛮高的。不过事关重大，我们有一个条件。""什么条件？尽管提。"要在往常，这样的话客家是不会乱提的，可今非昔比啊。柳文溪也就不客气了，"我们要求严老弟亲自押镖。"严开光很爽快地回答："当然没有问题。我会和欧大侠一同前往。"得此承诺，柳文溪站起来说声好，"七天后就把货送来。"

送走客人，严开光换了个称呼："剑侠，这是我们最重要的一次押镖任务，只能成功，稳泰再也承受不起失败了。你要好好准备一下。”欧文龙坚定地点点头。

这天，欧文龙刚查完各位镖师的准备情况。严楣一身戎装的来到欧文龙旁边，说道：“欧大侠，请让再我欣赏一下你的剑术如何？”欧文龙这才有机会打量这位严家的千金，用国色天香来形容她绝不为过。“你在想什么？行还是不行？”严楣的喊声让他有些不好意思，说：“你不是已经看了吗？要不，我还是欣赏一下你的刀功吧。”严楣的手上一把大刀格外显眼。严楣把眼一瞪，说声“小气”，又看了一眼他背上的宝剑就气呼呼地走开了。

离出发的时间越来越近了，柳文溪已经命人把货品送到镖局，两家履行完验货程序，货柜上了封条。然而此时却出现了重大问题。严开光这几天患了重感冒，本来以为吃几服药就能好，没想到越来越厉害，发起高烧来，整天轻飘飘的，像踩着棉花。他为此懊恼不已，对天高呼：上天要置我稳泰于死地啊！

明天就要动身了，他下了床，踉踉跄跄地走了几步，差点摔倒。柳家得知此情况后，更是心急如焚，几次催促拿出更好的方案来。严开光当着柳文溪的面，把自家豪宅的房契放在桌上，坚定地说道：“我用这个作抵押。您放心了吧？”这也是他唯一能作抵押的东西了。柳文溪没说什么，他知道只能死马当活马医，此刻换别家已经不可能了。而后严开光把欧文龙叫到跟前，嘱咐道：“文龙，看来此行只能拜托你了。”欧文龙把准备的情况详细说了一遍，严开光很是满意，仔细想确实没什么漏洞，他又把众镖师和随从喊过来，“你们一定要听从文龙的招呼，不得有误。”严楣走来要求一同前往。严开光坚决不同意，他不能再让女儿有什么闪失了，说：“你就在家好好伺候我吧。”弄得严楣好不失望。

一行人浩浩荡荡地出发了。欧文龙骑在大白马上，威风凛凛。一把宝剑握在手里，寒光四射，让人生畏。严楣羡慕不已。但是从这天起，严开光一颗心就紧紧地揪了起来。

半月后，从京城传来消息，押镖队伍顺利到达。众人这才长舒一口气。此举，大大改善了稳泰镖局的形象，严开光病好了，腰板一下硬直了很多。上门谈生意的也逐渐多了起来。他越发器重欧文龙。令人感到奇怪的是，欧文龙只领取了一半的赏钱。

二次出征

这天，欧文龙正在自己的房间擦拭宝剑。严楣敲门进来，欧文龙没有抬头，冷冷地说："如果来看剑术，本人谢绝，如果展示你的刀功，我欢迎。"严楣好久没说话。欧文龙感到好奇怪。抬头看去，严楣却是目光怪怪地盯着自己，她叫了声"剑侠"，听起来却多少有点挖苦的味道。"这次押镖成功，恐怕不是你一个人的功劳吧。"欧文龙颇感意外，说："当然，这是大家努力的结果。我从来都是这么说的。"

没想到严楣并不认同，说道："是否还要感谢一下知府杨大人呢？"闻得此言，欧文龙心里不禁咯噔一下，马上恢复镇定："你说什么？我听不懂，这跟他有什么关系。"严楣哈哈一笑，"看来我揭你老底了吧。你比我清楚，此次太师爷寿辰，自然少不了知府大人的礼品，他可是要雇佣最厉害的威远镖局押镖进京，把礼品围的里三层外三层，刀剑难入。你则在他们后面不近不远的距离跟着，这样一来，谁还敢对你下手啊，完全是狐假虎威，我没有说错吧。"一席话，把欧文龙说的目瞪口呆，再也不敢小看这个黄毛丫头了。本来还想争辩几句，转念一想，在聪明人面前多说一句抵赖的话就只能是自找难看。

接下来，欧文龙又成功押了几次镖。一时间，剑侠的威名被大家盛传开来。

转眼，快到中秋，城里一个银号要求送一批古玩到山东济南。这批货价值连城,容不得半点马虎。近来很忙,严开光亲自押两车别的贵重货物去了陕西,便由欧文龙押镖去济南。这也是欧文龙自己争取的。他说对这条线路比较熟悉。

这却是条异常凶险的道路,山高林密,沟壑纵横,贼人出没较为频繁。欧文龙要大家提高警惕。这日,一行人来到离泰山不远的一山岭处,突然,从山腰杀出一群人,截住了前面的路。为首的一个汉子大声喝道:“欧文龙,够滑稽的,你一个烧火伙计竟然也当上了镖头,是哪家镖局这么不识货啊!”欧文龙看去,原来正是害死二师兄又气死师父的大师兄白云鹤。他气不打一处来,浑身的热血直往上冒,“你这个畜生,我已经找了你大半年,今天该是报仇的时候了,快快拿命来。”

白云鹤却哈哈大笑道:“就你,还报仇?杀你我连剑都不用。”然而当他看见欧文龙手中握着的宝剑时,禁不住惊呆了,大声问道:“这剑怎么会在你手里?”与此同时欧文龙也惊讶地看见了白云鹤的宝剑,这正是师父以前所用的两把宝剑啊。欧文龙道:“实话说,以前师父看我脾气暴躁,不肯教我,但是你以为我在山上每天只是烧火做饭吗?我利用一切机会学习武艺,师父被你气死前交给我这把宝剑,我发誓一定要用它杀死你,为师父和二师兄报仇,快拿命来。”说着就挥剑冲了上来。白云鹤并不想躲藏,只是笑道:“我知道了,你一定是来先送上宝剑,然后再送上你的小命,对吧?”

欧文龙也不跟他废话,只管往前冲。白云鹤没想到欧文龙的剑舞得像水银泻地般,让他眼花缭乱,最后竟被逼得节节后退。他真没有想到这个小师弟会有如此身手。可是慢慢地,他发现欧文龙只是程咬金那三斧子,翻来覆去就那几个套路,于是这才放下心来,瞅准一个破绽,一剑刺来,直奔面部。正在这危机时刻,只见一个女子来个鹞子腾空,用脚把白云鹤手中的剑踢得偏离方向。然后收住脚步,舞刀向白云鹤砍来。欧文龙这才看清,原来是严楣。

两人杀得难分难解，严楣的刀功确实不赖，几次把白云鹤逼到悬崖边缘。而且她手中的宝刀竟将白云鹤的剑磕出一个口子。可是白云鹤毕竟得到师父的真传，武功极强。而严楣是女流，在力道上处在下风。不一会儿，严楣就气喘吁吁，难有招架之力。一旁的欧文龙很是着急。看来要使用自己的绝招了，只见他把宝剑飞速地倒过来，轻轻一甩，一道美丽的弧线划过，从手柄处飞出的一把匕首直插白云鹤喉咙，白云鹤眼疾手快，忙用手中剑去挡，只听“铛”的一声，匕首被拨飞，打在山石上，撞出火花。正当他庆幸时，欧文龙剑中的第二把匕首已经飞出，速度之快，根本来不及反应，原来第一把匕首只是起到障眼的作用。只见这一把匕首对着白云鹤的面部插去。凄厉地一声尖叫，白云鹤直直地立在那里，血随之奔流而出。这一幕，把严楣看得目瞪口呆。

夕阳落下，大地被包裹在一片红色之中，白云鹤手下的几个喽啰龇牙咧嘴地躺在地上。欧文龙向严楣道谢后问她为何来这里。严楣说：“我不放心你啊。”“你说什么？”欧文龙不解地问道。严楣说：“你骗得了我爹，却逃不过我的眼睛，你就那几招。此次押镖事关重大，所以我就暗中跟来了。”

欧文龙说：“既然你知道了，我也就没有必要瞒你。我从小被师父收养，但是起初师父不答应我练武，只是让我砍柴、挑水、做饭。我不甘心，就在师父教大师兄和二师兄时，偷偷学一点。慢慢有了基础。每当我做了错事，师父就罚我站在门外数丈远的地方往灶间添柴。”“在那么远的地方？”严楣好奇地问。“是啊，后来我才明白师父的苦心，是让我练习投掷。所以我才有非常高的命中率。再后来，师父就把一些剑术精华教给我，让我反复练，说炉火纯青后再继续教，可是今年年初，师父为你家押镖时，遭到大师兄的陷害，这是他头一次遭受这么大的窝囊事，踉踉跄跄地回到山上。他精神很不好，就将这把剑和一本《绝剑秘籍》交给我，我问他另一把剑的下落，师父却什么也不肯说，只是痛苦地摇着头。第二天师父就身亡了。”欧文龙抚摸着刚刚缴获的宝剑，难过地说：“只是可惜了，这么好的一把剑。”上面已经留下一道很显眼的口子。一时间，两人都无语。过了一会儿，欧文龙愤愤地说：“我当时就下决心，一定要按照师父留下的书练好剑，杀死大师兄，为师父他们报仇，还要为你家找回损失的货物，还师父清白。”严楣不解地问：“这次你知道会遇见白云鹤吗？”欧文龙说：“当然知道，我为此做好了准备，不过还是打不过他，幸亏你及时来帮忙。我把你爹给我的赏钱都给了这一带的穷苦百姓，他们也乐得为我提供线索，前面几次押镖，就是他们为我设计路线，让我成功躲过贼人的滋扰。与人方便就是与己方便。”严楣不由得暗自佩服。

当下，他们在几个喽啰的指引下，找到了白云鹤的老巢，拿回了被白云鹤劫走的那批货物。严楣认得，四只紫檀木箱就是瑞欣票号的货，上面的封条还在。然后他们迅速到达济南府，完成押镖任务。

决胜

几天后，他们历尽千辛万苦，小心翼翼地护着瑞欣的货回到了家里。此时严开光也刚回来。看到这批货，他一愣。待听完女儿的叙述后，激动不已，围着箱子转了好几圈，又蹲下来一遍遍抚摸着它们，竟然老泪纵横，自言自语地说：“就是它们，让我把祖上留下的数百亩良田损失殆尽。”说着，让人撕去封条，打开箱子。先是几枚银元滚了出来，随后倒出来的竟然是一堆一文不值的石头。所有的人都惊呆了。严开光更是几乎瘫倒在地上。这究竟是怎么回事呢？想当初可是自己亲自验的货啊。几个年轻气盛的镖师已经暗自出去了。不大会儿就把瑞欣票号的老板史朱良和他的管家一同给带来了。严开光大声问道：“史掌柜的，你我可不是一天两天的交情了，你快说这究竟怎么回事！”

看见面前的箱子，史朱良大惊失色，迅即又恢复了镇定，说道：“贵局不是失镖了吗？这么长时间了，难道不会被人调包？”

严开光说："可是这封条好好的啊，上面有你我的字迹，总不会错吧。"史朱良还要抵赖，却感觉脖子后面有丝丝凉意，回头一看，欧文龙的剑已经抵在身上，他浑身开始哆嗦起来，颤抖着说："严大侠，求你饶过我这回。""只要你说实话，我答应饶你。"严开光眼里快冒烟了。

史朱良说："是我跟……跟白云鹤早就预谋好了的，在起镖的前一晚上，他负责看护。我们就调了包，你知道，我们票号生意一直很冷淡，就想从严大侠这里发点财。"欧文龙也吼了起来："那白云鹤得到了什么？""他从我这拿走了三千两银元，他还想半路杀死他师父，夺走手中的宝剑，不过最终没有成功，只是劫走了货……"

"够了！"严开光大喝道，"你这缺德的卑鄙小人！"欧文龙也气坏了，说："我要杀死你！"史朱良大惊失色，跪下大声求饶："严爷，你的良田我全部奉还，只求你刀下留人。"严开光用鄙视的眼光看着他，声音虽然低下了许多，但明显不容抗拒："我只问你，这些年，你到底害了多少镖局，从实招来。"史朱良已没有了任何抵赖的胆量，招道："从近了说有振威镖局和扬光镖局，远了说有泰来镖局……"

"你说什么？"严开光打断他的话，"是欧飞狐的泰来镖局吗？二十年前也是你设的套？"史朱良只得老老实实地点点头，说当时用美人计诱骗了一名镖师……"

此时，站在后面的欧文龙更是惊得差点摔倒，大喝一声："老贼，是你害死了我们全家？"众人都不解地看着欧文龙，史朱良战战兢兢地回过头，这才看见面前的青年有几分面熟，很像当年的欧飞狐。

欧文龙对严开光说："欧飞狐正是家父，那年我才四岁，家父押镖时被人算计，抬到家时，早已气绝身亡，下人见没了主事之人，纷纷散去，最后连母亲也被这些人逼死，我就成了孤儿，幸被师父搭救，多年来一直找不到仇家，没想到今天老天终于开眼了。"他牙咬得咯嘣响。

严开光说："你讲的这些，我全都明白，没想到你竟然是我的侄子，我跟你父欧飞狐是莫逆之交，自从你家出事后，我多方打听你的下落，还以为你遭遇不幸了呢。"众人都为这个结果感到惊讶不已。

这时，另一个镖师的刀子也架在了史朱良的管家身上。管家瞅瞅屁滚尿流的掌柜，哆哆嗦嗦地说："饶命，饶命，其实我们掌柜的这次是赚了两份钱。"闻得此言，严开光忙问是怎么回事。管家说："你还是问我们掌柜的吧。"

史朱良跪下来，说道："严爷，实话说上次林远大师失镖，让他很难过，他私下找过我，让我不要为难你，我就要他用随身携带的一把宝剑作为赔偿。这样正好可以还白云鹤的人情。"

欧文龙举着手中已经坏了的剑问道："是不是这一把？"

史朱良看了一眼，声音很低地回答："不是。"

这下欧文龙感到十分惊讶。史朱良说："我得到宝剑后，赶忙让高手复制了一把，送给白云鹤，真品我自己留下了。"

"你们这帮无耻小人，真是物以类聚。"欧文龙大声骂道。

严开光难过地说："可惜我错怪了林远大师，难得他有如此风范。"

史朱良乖乖地交出了地契和宝剑。没几天瑞欣票号关门了。再几天，史朱良就神秘地失踪了。不过有人在河滩上看见他散落的衣服。在为己报仇，为民除害方面，欧文龙从不手软。

过了十来日，严开光召集大家，宣布道："从今往后，欧文龙就是稳泰镖局的总镖师，大家都要听其言，遵其命。"欧文龙正要推辞。严榍却抢先一步说："我完全同意爹的安排，在我们镖局做总镖师，不光有勇更要有谋。大家还记得欧大侠来这里后押的第一镖吗？"大家点头，接着她就把欧文龙"狐假虎威"的故事讲了一遍，包括严开光，在场的人无不啧啧佩服。

出来后，欧文龙对严榍说："我真的不够格，武功浅薄，只怕难当此重任。”严楣扬了扬手中的大刀说:“只要没有小人暗中使坏,以我的武功,给你搭档,绝对没有押不好的镖。”

回到练武房,一个年轻镖师对欧文龙说:“祝贺欧兄,不过你小心以后还会晋级呢。”欧文龙疑惑地看着他,不知何意。镖师笑嘻嘻地说:“你没看见小姐看你的眼神都变了吗?她可还没有许配郎君呢。”欧文龙热血沸腾,感到美滋滋的。嘴上却什么也没说,赶紧加入了练武的行列。

慧眼识凶

悲剧连连

清朝中期，张云非出任白庆县的知县。这年深秋的一天，虽然树上落叶纷飞，但天气出奇的好。刚过了晌午，张知县正在凝眉思索一起案件，忽然听见大堂外有人在鸣冤击鼓。于是让衙役把鸣冤之人带上来。

报案的是离这里不远的苏员外和他的姑爷刘献廷。张知县接过状纸一看，原来今日是苏员外的六十大寿，刘献廷和妻子苏小翠一快来跟老岳父过寿辰。可是走到半路上，苏小翠却一头跳进了一条河里面。刘献廷见状立马也跳下去，但是怎么也捞不上来，只好跑到岳父家里，找了人才把她打捞上岸，人早已经不行了。一家人心疼得大哭，苏员外看女儿是自杀，又怕事，不让报官。但是刘献廷却认为妻子死得不明不白，就来请知县大人明断。

看罢刘献廷写的诉状，张知县问道："你妻子最近可有什么异常状况？"刘献廷想了一下，说道："她这段时间倒是说过自己肚子不适，我还为她买过药，但也不至于为这件事寻短见啊。"想了想，又补充道："昨天晚上，她疼得厉害，在床上打滚，说不想来为老人祝寿了，是我好生相劝，才不得不来的。"张知县也听不出有什么不合适的地方，略微沉吟了一下，就带领衙役、仵作一行来到苏员外家。

苏小翠的尸体放在堂屋里。仵作查验过之后，汇报说苏小翠确实是溺水身亡。说着递过从她衣服兜里发现的一张纸，上面只写着几个大字：疼，疼，要命得疼。张知县琢磨着也许她是真受不了病痛的折磨。他还是把纸条攥在手里，又沉吟了一下，对苏员外和张献廷说道："看来这件事很明朗了，苏小翠因为身体疼痛难当，只好以死解脱。"并且嘱咐他们一家人要节哀顺变，赶紧料理后事吧。闻听此言，一家人又大哭不止，甚是悲痛，让周围的人也不禁潸然泪下。张知县往外走了几步又倒回来，问刘献廷家住哪里，刘献廷含着眼泪说道："我住刘家湾。"

出了苏员外的家门，张知县没有回府，而是带人直奔刘家湾。他不由得想起前天刚发生在刘家湾的另一个案子。

那天一大早，张知县边饮茶边批阅案卷，忽然听见大堂外有人正在鸣冤击鼓。于是让衙役把门外之人带上来。

来人自称叫刘云亮，是刘家湾的。张知县问你有何冤情赶紧说出来。刘云亮慌慌张张地说自己的堂弟刘小武被人害死在家中了，并一口咬定是张德生所为。张知县忙问何以见得是张德生干的。刘元亮说自己的伯父早年得病去世，只剩下伯母刘氏和堂弟刘小武。当年伯父跟邻居张德生合伙做生意，后来张德生要了个诡计，使得伯父生意破产，张德生就趁机把伯父的家产悉数搬走。我堂弟刘小武气不过，多次找张德生讨债，都被怕事的伯母劝回。但堂弟多次扬言要亲手杀了他。所以为了除掉这个威胁，张德生就下了毒手。"另外，"刘云亮补充道："今早发现张德生的时候，他全身都是血。"

听罢刘云亮的叙述，张知县没有立断，而是带人来到刘家。这是一个大院子，西面住着刘氏，大院子的东面还有一个独门小院，里面住着儿子刘小武。院子的角落里，坐着一个四十多岁的妇人，双肩抖动，哭个不停。她就是死者的母亲刘氏。据她所说，早晨已经日上三竿了，还不见儿子起床，就去敲门,但是没有动静,里面闩着门,她推也没有推开,于是慌乱中就去街上找人来帮忙,正好撞见了邻居张德生,"我本不想找他的,因为我们两家有仇,但是他见我慌里慌张的,就主动问我何事这么要紧,我就告诉他想找个人来看看我儿子。他二话没说,就跟着我来了。他从前面的窗子里爬了进去,却发现刘小武已经满身是血,早已经死了。"

张知县在刘氏的指点下,来到刘小武的房间,阵阵血腥味扑面而来。刘小武蜷缩在床上,胸口有两个大窟窿。双目圆睁,甚是吓人。

张知县查看现场,发现刘小武极有可能是在房中被害的。按照刘氏的描述,房门反闩着,几面墙壁上又都布满了厚厚的灰尘,没有擦拭的痕迹。后面的窗户上钉着厚厚的木板,张知县试着推了推,没有推开。只有前面窗户上有爬入的痕迹,且有血痕,但不是尸体拖入时留下的。所以刘小武一定是在屋里死的,而且应该是熟人作案了。

这时,站在一旁的刘云亮提示说:"大人,张德生就住在东边,平时进出刘家很是方便,他身子灵活,又有力气,半夜里要进入刘小武的房间也不是难事。"

张知县命衙役到张德生家去搜,过了一会儿,张德生就被带来了,还从他家里搜出带有血迹的衣服。

实地查看完毕,张知县吩咐人把刘小武的尸体盛殓起来。然后,让衙役带着张德生等,回县衙受审。

县衙内,一派肃静。张德生踉跄着被带上来,人还未站稳,就扑通一声跪在地上,喊道:"老爷,小民冤枉啊。"

张知县把惊堂木一拍,厉声喝道:"大胆刁民,你何冤之有? 刘小武多次扬言要杀你,你怀恨在心,将他残忍地杀害,现在快把自己的罪行如实招来!"刘德生哆嗦着说:"老爷,小民早先的确跟刘小武的父亲合伙做生意,但是因为他经营不善,所以亏了本,还把我的那一部分货物也搭了进去,所以我就按照之前定好的契约，用他的家产来弥补我的损失，但是刘小武不听我的解释，以为我抢了他家的东西，就想杀死我。多年来我一直想跟他家和好，毕竟都是街坊邻居，何必弄得这么僵呢，所以小民断不敢，也不忍心将他杀死。请大人明察。"说着就递过当年做生意时跟刘小武父亲订的契约。

张知县看过契约，想了片刻，问道："那么，在你家里搜出的血衣该如何解释呢?"

张德生说："今早看着刘氏在街上急急的样子，我料想他们家可能遇到了什么难事，于是就主动上前询问，听她讲了之后，我二话没说就跟着来到她家里，我用力也没有把门推开，就只好从前面窗户里爬进去，本以为刘小武还活着，就把他的身体翻了过来，于是沾染上了很多血。"

这时刘云亮说道："老爷，我堂弟刘小武平日为人仁厚，除了得罪张德生外，没有与别人结过冤仇，所以人定是他杀的。"

跪在一边的刘氏哆嗦着不知道该说什么才好。一个捕快过来问知县是否要动大刑，张知县摆摆手，说道："据我观察，他应该不是凶手。先把他关起来吧。"案子就这样搁置下来。但是，张知县一直在寻找蛛丝马迹，以他这些年办案的经验，坚信鸟飞过会留下鸟鸣声，人走过会留下脚痕迹。

再回现场

一路上，张知县回想着案件的前前后后。心中不免多了几分惆怅，刘小武死得蹊跷，还没有查明。苏小翠又死，这一下刘家湾又多了个死人。这时，他从袖口里拿出那张纸来仔细端看。不知不觉就到了刘小武的家。刘氏见知县大人又来了，心想一定是儿子的案子有眉目了，赶紧迎上来。张知县把她叫到一边，问道："你跟本官如实招来，你家儿子跟什么女人有过来往?"刘氏一听，连忙摇头，说："我家小武平时就爱作诗写文章，根本不喜欢什么女人，别人给他说媒，他连理都不理，有几次还把给他提亲的媒婆骂了出去。不过……不过……他跟他的表妹倒是非常要好的，表妹也经常来找他玩。”张知县好像对她这句话很感兴趣，“你家儿子可是早到了该婚娶的年龄了。他的表妹住在哪里？”刘氏眼睛就扑簌扑簌的落下泪来，骂了几句儿子不肖的话来，然后说他表妹就住在这个村子里。

张知县让她再次打开刘小武的房门。他先是看了刘小武的一些诗词作品，然后又重新勘验现场。站在屋中央，他认真审视周围。冷不丁地问了一句：“刘献廷家在什么地方？”刘氏回答：“屋后就是。”张知县哦了一声，然后问：“到他家怎么走？”刘氏说：“别看他家就在屋后，但是要到他家大门口得绕好几条街才行。”张知县摇了摇头，眼光突然落在了后面的墙上。于是让人打开后窗户上的木板，两个衙役带了工具上来就拆，但是并没有费很大的力气，木板就掉下来了，张知县细细一看，这才恍然大悟，原来这木板是装在窗上的槽里的，往后推的话，怎么也不会推开。他为自己当时的这个疏忽懊悔不已。

他站在桌子上往后看，发现刘献廷家有个很雅致的小院。几棵茂盛的梧桐树遮蔽了半个院子。还不断传来声声鸟鸣。忽然，有个东西好像在自己的眼前闪了一下，他揉了揉眼睛，再仔细看时，才发现是躺在地上的一个木梯子。他收回目光，仔细看窗台上，发现有血滴过的痕迹。于是他下到地上，带人出了刘氏的家，从街上转了一大圈才来到刘献廷的家门口，让人撬开大门，来到院子里，仔细看那木梯子，虽然经过认真擦拭，但上面的血迹似隐似现。让衙役开始搜查整个房子。他则进到堂屋里仔细查看。不一会儿，捕快报告说从地窖里搜出了一件血衣。他又一次来到院子里，看见地上有隐隐约约的血迹。

较量

天傍黑时，张知县带人到苏员外家。苏员外家里张了灯。苏小翠的后事已经料理完了。按说刘献廷应该回家了，但不知何故，他仍然在老岳丈家里逗留着。张知县一行神色慌张，苏员外忙问何事，张知县也不回答，而是见到刘献廷急急地说："幸好找到你了，我家内人也是肚子疼得厉害，麻烦写出你妻子的病状来，看跟我内人的病症是否一样，我好以此去郎中那里取药。"苏员外听罢赶紧拿出笔墨纸张来，刘献廷犹豫了一会，还是写出了"肚疼翻滚，疼痛要命"这几个字，交给张知县。张知县却并不心急了，而是很有兴致地看着，像在欣赏一件艺术品。苏员外看不下去了，说道："大人，病来如山倒，快治为好。"张知县却说："你是读书人，看看这两张纸上的字写得一样吗?"说着从袖口里掏出来另一张纸，却是苏小翠那天留下的遗书。苏员外疑惑不解地看了一眼张知县，然后接过两张纸，在灯下看。"您是说这两张上面的字迹一样?"张知县没有说话，倒是旁边的刘献廷脸都煞白了。

"现在你家里倒是看不出死人的悲痛气氛了，转变很是快啊。"张知县看着满屋的灯光说道。苏员外叹了口气，"不瞒大人您说，小翠没有长命的福分，再说人死不能复活，我已经决定把小女儿嫁给刘献廷了。"没想到话刚说到这里，刘献廷连忙说："不不不，我其实也不愿意这样的。"边伸出手一把抓过了苏员外手里的两张纸。张知县大笑一声，说道："你急什么啊，为了把苏小翠除掉，你是煞费苦心啊，你做过的事情，快如实招来!"

刘献廷大呼冤枉。张知县料到他会这样，于是说道："是因为她跟刘小武来往的缘故吧？可是你应当报官才是，万不该把刘小武杀掉。"

刘献廷闻听此言，扭过头看了看衙役手中的血衣，然后问道："你怎么知道她跟刘小武有来往？既然你知道是他跟我妻子有来往，那杀了他就是报仇，你不能治我的罪。"

张知县从袖子里拿出来一块玉佩，问："你认识这个吗?"刘献廷脸马上就变白了，结结巴巴不知如何是好。

张知县让苏员外的内人和小女儿暂且回避一下，只留下苏员外，然后对刘献廷说："好吧，你先告诉我，你是怎样杀死刘小武的。"

刘献廷泪光闪闪的，一字一句地交代起来。三年前跟苏小翠结婚后，开始的时候，两个人还十分相爱，刘献廷原是个读书人，后来跟着叔父做生意，很快显示出了自己的精明能干，他经营布匹，经常走南闯北的，很少着家，害的苏小翠经常独守空房，就跟前面的刘小武有了来往，为了省事，刘小武就推开自己的窗户，然后顺着梯子下来，来苏小翠家里。这事被刘献廷查闻到了风声，心里非常生气，于是这天他假称要到外地去提货。一早出了门，然后转身到了朋友家里喝酒，等到半夜三更，杀了个回马枪，直奔家里，用钥匙打开家门，屋里却只有苏小翠一个人，他不甘心地在房间里找了好几遍，也没有见到刘小武的影子。就大声责问："你把那小子藏到哪里去了？"苏小翠却说："他早走了，我们几个人一直在吟诗作画，根本不是你想的那样。"闻听此言，刘献廷火冒三丈，只见他手里举着钢刀，就要砍苏小翠。本想吓唬一下，苏小翠却并不躲闪。他就扔了钢刀。

可是到了后半夜，刘献廷怎么也睡不着，脑海里都是刘小武跟苏小翠的身影，越想越难受，于是借口说要去小解。出了门，他到院子里看见通往刘小武家的梯子还在，于是提了刀子就上去了，对准熟睡中的刘小武就是一阵猛砍，并取走了他胸前的玉佩。

说到这里，刘献廷已经是泣不成声。苏员外的脸则是阵阵泛白。刘献廷说："大人，我都交代了，您就放过我吧，要不是这个刘小武，小翠她也不会寻短见，我也不会家破人亡，现在老岳丈已经答应让我跟小翠的妹妹好，但是从心里说我也不想这样。"

张知县冷笑一声，说："你也不想想，要是你的老岳丈知道苏小翠是被你逼死的，会把小翠的妹妹嫁给你吗？"刘献廷看了看旁边的老岳丈，继续为自己辩解，说小翠不是被自己逼死的。张知县问道："那我问你，为何要撒谎，我去董郎中那里问过了，你根本就没有到他那里拿过药，也就是说小翠根本就没有什么病。你为何要让小翠随身带着这份遗书?”

这时,苏员外到里屋,拿出来一个小本子,颤抖着递给张知县,说:“大人,这是今天我女儿的尸体打捞上来后,从她的衣服口袋里发现的另一样东西,我算计着小翠的死或许与这个有关。”张知县接过来看了看,上面竟然是苏小翠跟刘小武通奸的全过程,然后对刘献廷说:“这才是小翠的笔迹,我在你家里都查验过了,所有的纸张上面都是小翠写的,唯独没有你的。所以我才设计让你写那个症状。快说,这到底是怎么回事!别让我动刑!”这最后一句话说得字字如铁,让人不容反驳。

见事情完全败露,刘献廷只好交代。原来他出去杀了刘小武,回来跟苏小翠说了之后,苏小翠吓傻了。刘献廷原本也要把她一块杀了,然后一走了之,但是突然之间,他想起来一个主意。于是对苏小翠说:“我原谅你也行,不过你得写个保证书,把你俩相处的过程完完整整地写出来。”苏小翠说:“我不写,我根本没有做什么出格的事情。”但是架不住刘献廷的紧逼,于是为了活命,苏小翠只好在烛光下把怎样跟刘小武在一起的事情都详细地交代了一遍。在刘献廷的逼迫下,也写了不少淫言秽语,足足写满了六张纸。刘献廷又爬上梯子,用原先的木板把窗户遮挡好,又擦拭了梯子上血迹。

第二天,他们一块往苏员外家里赶去。一路上,刘献廷对这个事情一提再提,还让苏小翠边走边读昨晚上写的那些东西。苏小翠是边读边落泪,几次请求刘献廷不要这样了,否则自己真没法活了。但是刘献廷仍然不放过她,走着走着,来到一处河边,小翠就扑通一下跳了进去。捞上尸体,让知县查验过后,苏员外家相信了苏小翠是因受不了病痛的折磨而寻短见的。于是很快料理了后事。

听到这里,张知县说:“逼死了苏小翠,恐怕你还另有所图吧?否则也不会赖下不走。”

刘献廷哭着说:“大人,其实我是真的不想害死小翠,她知书达理,也很贤惠,都是因为我常年不在家,她才跟刘小武有了奸情,虽然这样,我还是希望她能迷途知返,好好跟我过日子。我让她写那些东西,本也是想让老岳父知道后,好好教训教训她。”

苏员外已经是老泪纵横,颤巍巍地说道:“大人,我好糊涂啊,要不是您及时破案,识破这个无赖,我家小女儿恐怕就喂到这个狼的口里了,今料理完小翠的后事,他没有急于赶回家,而是想再住几天。下午他一直在叹息,我问他以后该怎么办,他说自己很难过,家里有万贯财产不知道该跟谁享受。都怪我爱贪便宜,闻听此言,心里琢磨开了,是啊,大女儿好苦,没有享福的命,不如让小女儿跟刘献廷完婚,这样就能拴住这个有本事的女婿了。于是我支支吾吾地向刘献廷透露了一下。刘献廷也愿意。”

刚说完,苏员外就是一阵猛烈的咳嗽。

另有凶犯

张知县说:“刘献廷啊刘献廷,你还没有说实话,到底谁杀的刘小武,快快如实招来!我已经给过你一次机会,难道还要让我再说一遍吗?杀刘小武溅在你身上的血总不会滴落的你家满院子都是吧,很明显是凶手也受了伤,这也正好印证了现场刘小武跟凶犯有打斗的痕迹。可是看看你,从头到脚,没有一点伤痕。”这句话,字字如铁,充满了威严。

刘献廷哀叹了一声,说道:“看来什么也瞒不过您了,杀害刘小武的是辛大同。”“辛大同是谁?”

刘献廷不得不说了实话。原来因为经常在外面跑生意,认识了不少人。在一个客栈里,他认识了老板娘辛圆圆。这个辛圆圆不光人长得漂亮,而且能说会道,没多久,就把刘献廷迷惑得神魂颠倒,老板娘的男人已死多年,于是乎,他们就同居在了一起。那天晚上,刘献廷请来杀害刘小武的是老板娘弟弟辛大同。因为刘献廷胆小,根本不敢杀人。就提出来让辛大同帮忙。按说辛圆圆是不同意杀死刘小武的,留着他继续跟苏小翠来往,刘献廷就可以死心塌地跟自己好了。但是刘献廷私下里跟辛大同说如果帮自己教训刘小武一顿,可以付一大笔钱给他。辛大同就同意了,于是跟着刘献廷回了家,并按照刘献廷的暗号,从梯子上爬到刘小武的家里,把刘小武给杀死了。

刘献廷说:"大人,我是真的不想让小翠死啊,这几年我发现辛圆圆除了要我的钱,根本不是真心跟我好,我就是想让老岳丈发现她的奸情后好好训斥她一通,以后安守妇道,可以好好过日子。至于娶她的妹妹,也真不是我的主意。"

张知县痛斥道:"你在外面有其他女人,还怪妻子对你不忠,真是岂有此理,胆大妄为!"并连夜将他押解回县衙。

第二天用了不到半天的工夫,捕快就把辛圆圆和辛大同捉拿归案了。

张知县继续说:"我在这里给小翠洗刷一下名声,她跟刘小武根本就没有什么不检点的行为,只不过是邻里之间的正常往来而已。倒是你,风流成性,放荡不羁。"

见刘献廷低头不语,张知县拿出来另一张纸,都是苏小翠写的,她写丈夫有了钱后,无论有没有生意,都不回家,而是逛妓院,吃喝玩乐。这让苏小翠非常生气,就故意跟刘小武接近,好以此让刘献廷警觉,回心转意。

张知县说那天晚上刘小武也根本没有去跟她幽会,而是去了一个好友那里,在那里喝了一通酒很晚了才回来。没想到,在熟睡中就被辛大同给杀了。一开始辛大同只是想狠打他一顿,后来看见刘小武身上的玉佩,就动了杀机,然后又从房间里搜到不少值钱的东西。"

大家听了都震惊不已。苏员外把女儿写的纸拿过来读了一遍,老泪纵横。唯独刘献廷脸上已经没有了人色。他还是狡辩说孤男寡女见面肯定没办什么好事。张知县就让人把一个妙龄女子叫上来,这就是刘小武的表妹。她说自己确实跟表哥相爱,经常跟表哥去苏小翠家玩,所以他们之间根本没有什么所谓的奸情。

刘献廷痛不欲生,绝没想到妻子竟如此清白,喃喃地说:“怪不得那天晚上,让她写跟刘小武的奸情时,她怎么也写不出来。最后都是按照我编好的内容写成的。可是现在说什么都晚了。”

张知县让人把刘献廷、辛大同等人打入大牢。然后放出了张德生。一桩沸沸扬扬的案子终于水落石出。

后来,捕头问张知县是怎么想到把这两个案子联系在一起的,他说:“那天拿到苏小翠的遗书,看见这纸有点面熟,后来想起来第一次查看现场时在刘小武的家里似曾看见过,所以就感到其中定有蹊跷。我后来推断这一定是刘小武常把自己写的文章拿给苏小翠炫耀,有时也会把白纸带过去一些现场作文写诗,没想到那晚在张献廷的威逼下,苏小翠正是用这些纸写的自己跟刘小武相好的经过。”

高科技寻鸡

十几年前，薇薇家丢了一只鸡，薇薇的妈妈就站在自家的房顶上扯开嗓子大声喊，问谁见了自家的鸡。这个办法虽然省电，但效果甚微。最后她只好发动家里人和左右邻居一起找，忙碌了五六天，连地里的农活都耽误了，可以说费力不小，但是鸡仍然没有找到，还让妈妈急得病了好几天。

一转眼，薇薇也成家立业了。这天上午，她痛心地发现家里喂的那只大母鸡花花不见了。这鸡可不是一只普通的鸡，不光长相好看，还下蛋及时，更重要的是这只鸡每次都下双黄蛋，三岁的儿子经常抱着它玩。现在儿子已经在哭闹了，说见不到花花就不吃饭。所以得赶紧找到才行。可是该怎么找呢？她可不想采用妈妈以前的那种办法。影响了邻里不说，还不可能找到。

薇薇就来到村委会，打开喇叭，喊道："各位村民注意了，我家里的花花找不到了，如果谁看见了，可以给我打电话。"随之公布了自己的手机号码。除此之外，她还让大家登录QQ，加入自己刚刚建的QQ群，群的名字叫"花花回家"。

人还没到家，就接到了两个电话，说发现了疑似花花的鸡。薇薇马不停蹄地去看，但很失望，都不是。薇薇就奔回家里，从电脑上调出以前拍的花花的照片，传到QQ上，好让大家认出自家的鸡。这时有村民发来信息，提醒她可以通过村里的摄像头进行查找。薇薇一拍脑袋,怎么把这事给忘了。于是再次来到村部,在村治保主任的协助下,调阅了今天的监控录像,村里一共有三个摄像头。在第一个摄像头拍下的录像里,可以清楚地看见花花的“倩影”。花花一路走,一路觅食,非常惬意。薇薇很激动,感觉很快就能找到花花了。但令人遗憾的是,花花在第二个摄像头里只露了两次脸,便消失了。尽管如此,还是从中发现了线索,那就是花花可能迷失在一个十字路口。薇薇把这一消息发在QQ群上,一会儿就来了十多个人,大家把这一带列为重点搜索区域。有人牵来了狗,甚至还有人播放了大公鸡叫的录音,想以此把花花引出来。不过十分钟后宣布搜索失败。线索就此中断。

一个小时候后,治保主任发来消息,说有重要情况。薇薇带大家去看。原来在第三个摄像头的监控下,发现了村头靠近公路的一堆柴草里有一枚蛋。看起来像枚鸭蛋。“不是鸭蛋,那是我家花花下的双黄蛋。”薇薇大声说。大家激动不已,连忙来到现场,可是万万没有想到,住在旁边的柳二婶已经把鸡蛋装在了自己的篮子里。“快拿出来!”薇薇厉声喝道。把柳二婶吓了一大跳,忙问怎么回事。薇薇看着那枚大大的鸡蛋,说道:“这是我家花花下的双黄蛋。”柳二婶说:“光兴你家的鸡下双黄蛋呀,我家的鸡也下双黄蛋。”大家一片嘘声。柳二婶不示弱,说道:“要是不信,到我家里看看去。”众人也不客气,就跟着来到柳二婶家。柳二婶果真从厨房里拿出了两枚双黄的鸡蛋。大家傻眼了。薇薇说:“那你怎么证明这一枚就是你家的鸡下的呢,我看这鸡蛋面熟,一定是我家花花下的。”眼看僵持不下,有人提议进行检验。可是这谈何容易啊。最后大家想到了两个人,一个是今年刚毕业的大学生小文,另一个是在镇上教物理的王老师。他们打电话把两位专家叫了过来。微微也回到家里取回两枚以前花花下的鸡蛋,王老师先安慰薇薇说,不要紧张,如果有困难的话,可以请他在县公安局的学生做DNA进行更加权威的检测。他们两位非常专注,先目测,再称重,然后进行比对。大家都屏住呼吸,期待着。薇薇和柳二婶更是紧张异常。半个小时过去了,王老师终于站起身子,准备宣布结果,柳二婶可再也支撑不住了,叹了口气,说道:"别说了,我家的鸡根本不会下双黄蛋,这两枚是我从市场上买来的。"然后深刻检讨了自己贪财的错误行为。

这就有力地证明,花花曾经来过这一带。现在离花花出走已经过去了整整七个小时了,是否还活着?是否还在本村里?种种疑问和不安笼罩在大家心头。薇薇来到村部,再次查看录像。却发现在这堆柴草前,大约一个小时以前,有个骑自行车的中年男子匆匆下了车。可是因为正好有一辆大车通过,遮挡了男子的行为。不过种种迹象表明,男子应该是在捡拾什么东西。可是鸡能这么容易让男子捉住吗?不过不管怎么说,此人有重大嫌疑。如果真是这样,花花被弄到他乡的可能性极大。大家的心再次揪起来。

当务之急是要弄清楚中年男子的身份。治保主任又调取了一段时间以来的录像,惊奇地发现此人几乎每天都经过这条公路,也就是说他有可能是在周围的一个厂子里上班。有人说看他穿的工作服,应当是机械厂的。大家表示认可。于是就立即把开出租车的狗蛋叫来,坐他的出租车赶到八公里外的机械厂。看门大爷问找谁,薇薇把从视频里截取下的男子照片出示给老大爷看。老大爷说这不是王廷江吗。薇薇按捺住内心的高兴,问该怎么联系他。老大爷一指墙上,说:"电话都在上面贴着呢。"薇薇过去,找到了王廷江的手机号码。打电话,却提示关机。

眼看太阳就要落山了,薇薇心急如焚。她问王廷江是哪个村的。老大爷摇摇头说不知道。薇薇把这里的情况通过QQ告诉了村民。大家马上出主意,有人已经通过王廷江的交通工具分析出他应当不会住的很远,有可能就是西边那两个村的。大家马上联系这两个村的熟人,三分钟不到,就有了反馈信息,说王廷江是刘家村的。十五分钟不到,王廷江家鸡栏的照片已经发过来了,大家一眼就认出了里面的花花,不过让人痛心的是花花正趴在地下，无精打采的样子。

薇薇跟几个人立即乘车赶到刘家村。在熟人的带领下，很快来到王廷江家里。王廷江以为出了什么事呢。等薇薇说明情况，王廷江笑了，讲了事情的经过，原来今天，他有事提前回家，途中看见一只鸡被前面的电动车碰了一下，趴在那里一动不动，于是就停下自行车，把它带了回来，刚给它上好了药，应该没什么大碍了。他们边说着边来到鸡栏。花花已经站立起来，原来的痛苦状一扫而光，正跟一只大公鸡在亲热呢。

薇薇谢过了王廷江，高高兴兴地抱回了花花。从花花离开家到最后找到，花了还不到8个小时。

到了第二天下午，薇薇接到了一个北京打来的电话，说要进行合作什么的。这把她吓了一跳，忙在QQ群上问是怎么回事。经过一番解释她才知道，原来同村的芳芳对今天整个寻鸡的过程进行了微博直播。这让全国成千上万的人对花花的命运牵肠挂肚。当花花最终被找到的时候，它已经拥有了众多的粉丝，也就是说它已经成了一代“名鸡”。北京这家绿色农垦公司准备让花花做形象代言。

非但如此，这件事情让一位全国著名的影视导演非常感慨，上世纪八十年代，他家走丢了一头毛驴，费了九牛二虎之力也没找到，现在一只鸡竟然在别的村里也能以如此快的速度找到了。怎么想都感到不可思议。于是他决定把这件事情拍成一部小电影。当然“鸡一号”非花花莫属。

如果你以为事情到此为止就大错特错了。又过了大约一个星期，广州的一位老教授通过QQ跟薇薇联系，说了自己的想法。原来他从网络上知道了花花的事情，感到很吃惊，一只鸡偶尔下个双黄蛋并不难，难的是一辈子都在下双黄蛋。他决定从花花的遗传基因入手，进行研究。可是因为花花是邻居刘二婶送给薇薇的，但在今年过年的时候，孵出花花的那只老母鸡，也就是花花的妈妈，被刘二婶用粉条加土豆给炖了。老教授只好从花花的身上寻找原因,他让薇薇用航空快递的方式邮寄十枚双黄蛋给他,还让薇薇把花花平时吃的饲料做个记录,每天传给他一次。当然这些都是有酬劳的。薇薇也跟着成了名人,成了富人,整天忙得不亦乐乎。

高科技时代,花花还在不断地续写着神奇。

新婚惊魂

洞房出祸端

清末，林王县的林家庄有个大户叫林冬青，从祖上就经营布匹和药材生意，颇为得法，因此家境殷实，在宁云州一带也是赫赫有名的大户。林冬青有个儿子叫林威，虽然长相威武，却胆小怕事。整日除了读书，就是与别人下棋。去年，在媒人的撮合下，他跟县城另一个大户王丰兰的女儿王元结为秦晋之好。这个王元长得花容月貌，婀娜多姿，人见人爱。

林冬青择了良辰吉日，为儿子完婚。一家忙里忙外，办得很风光热闹。等到月上柳梢，客人散尽，新郎新娘入洞房，忙碌一天的林冬青和夫人也顿感疲劳，双双休息。第二天，两人在客厅等待小辈来拜见请安，但是一直等了很久，也不见洞房门开。起初以为小两口新婚燕尔，如胶似漆。但是眼见中午将至，仍无动静。林冬青老两口心生疑窦，于是顾不得许多，先在门外轻呼二人姓名，没有回音，就让下人将房门撬开。但是只稍微一用劲，房门径直开了。

等他们进房一看，不禁大吃一惊。只见新娘王元和衣倒在床上，已经香消玉殒，林夫人检查她身体，却没有一点伤痕。急忙寻找儿子，可是窗户紧闭，儿子不知去向。

林冬青初步判断，是儿子将媳妇杀害后，然后逃走了。可这也不合常理啊。婚姻虽是由家长包办，但两个年轻人自始至终没有表示过半点不情愿。一时间，众人都面带恐惧，议论纷纷，这时有个家人过来向他坦承，今天早上过来开大门时，却发现大门竟然是半掩着的。由于没有发现丢失什么东西，所以也就没有如实汇报，以为是昨晚谁回来得晚了，忘记关。林冬青刚想发火斥责家人，夫人却提醒他赶紧将这件事情告诉亲家。林冬青这才冷静下来。既然儿子不会杀人，但是为何不在家里，反而逃走呢……他来不及再想，赶紧派人到亲家报丧。

听到噩耗，王丰兰惊愕不已，夫人更是一下子哭晕了过去。只一天时间，喜事竟然变成了丧事。王丰兰带领众人赶到林冬青家。亲眼见到女儿尸体，心疼得泣不成声，随后勃然大怒，质问林冬青："我的女儿怎么死的，快让你的儿子来见我！"林冬青这才嗫嚅道："林威他……他下落不明，我已经派人去找……"王丰兰一听，更是火冒三丈："一定是你儿子谋害了我的女儿，然后逃走了，还愣着干什么，赶紧报官啊！"于是不等林冬青反应，自己亲自带人到了县衙，击鼓报冤。

这边，林家买了棺材，盛殓了王元。由于案子没有查清，只好先把棺木暂存在离家不远的一处山洞。

县官李栋林接到诉状，派人气势汹汹地来到林冬青家，不由分说就将林冬青五花大绑地押到了衙门。高堂之上，李栋林将惊堂木使劲一拍，厉声喝道："大胆刁民，快说你是如何跟你儿子合谋将王元害死的，如若不说，就当大刑伺候！"

林冬青战战兢兢地说："启禀老爷，小民哪敢加害别人，是小民今早硬打开房门才发现儿媳死亡，儿子不知去向……请老爷明断。"

李栋林冷笑一声，怒斥道："胡言一片，等本县开棺验尸，查明真相，再治你的罪！"

生变故

李栋林带领仵作和衙役来到存放王元棺木的地方，可是等打开棺木，众人禁不住惊讶不已。原来里面不见了王元的尸体，而是一个被石块砸得满身是伤的男子的尸首。上面还沾着石屑，双目怒睁，惨不忍睹。真是一波未平一波又起，案情一下子变得复杂起来。林家的仆人证实，确实是将王元的尸体放入的，怎么变成这么个人了呢？大家都感觉不可思议。

李栋林更是感到吃惊万分，忙问："你们可认识这个年轻人？"众人仔细看过尸体后，都摇头说不知。王丰兰老两口眼看自己的女儿死了也不得安生，更在现场哭得死去活来，一口咬定，是林家将女儿害死后，怕暴露了真相，才暗中更换了尸体。李栋林感觉很是棘手，他边挠着头，边问这问那。其实他这个县官是做生意的哥哥花钱帮他买来的，他胸无点墨，能力平平。他还是极力想把这个案子尽快破了，好给新上任的宁云州知府看看，让自己的官位多保几年。但是眼下该如何是好呢？

回到衙门，一个姓王的衙役悄悄把一个小饰物交给李栋林，他拿过来仔细看了看，只见饰物的后面刻着个"忠"字，他心里一震，随即镇定下来，将玉佩揣在怀里，并嘱咐衙役不要对外讲。他让人把林冬青从牢房里押出来，把惊堂木拍得啪啪响，让林冬青赶紧认罪，林冬青还是一个劲地喊冤。李栋林脸色铁青，让衙役猛打，一会儿，林冬青就已经被打得皮开肉绽，口吐白沫。李栋林厉声喝道："招还是不招？"林冬青看着一个个彪形大汉，就准备屈打成招，琢磨着编了一个如何将王元害死的故事，好让儿子开脱。李栋林冷笑着，派出捕快去缉拿林威。

可是还没等捕快出发，有衙役来报，说外面有个后生来报冤。李栋林让人把后生带进来，一问姓名，才知道正是林威。李栋林大笑道："好啊，我正好要找你呢，快如实招来你是怎样跟你父亲合伙害死王元的！又是如何移花接木，把王元的尸体弄走，换成另一个人的。”林威说：“我没有害死王元，更没有什么移花接木，她是我的新婚妻子，没有害她的理由。”接着就陈述了那晚的情景。

那天晚上，等客人散尽，林威跟新娘王元进了洞房。今夜的新娘面如桃花，貌似仙姬，美艳绝伦，看得他顿感血液沸腾，喜不自禁，连忙宽衣解带，欲要同床。王元却把他轻轻一推，娇羞地说道：“我们还没有吃同心面呢。”林威这才看见桌上的一个娃娃状的大白馒头，上面有两个红点。他知道按照风俗，新人在同房前要共同吃一个喜馒头。于是他就取过馒头，让王元先吃了一口，自己刚要张嘴吃，却听见窗外有人呼自己的名字。他心里一惊，很快就意识到这不过是闹房的朋友而已，就不想理会。但是声音又响起了：“我是刘晓楼，母亲重病，请兄帮我递出二两银子以解燃眉之急。”刘晓楼是他的同窗好友，现在有难，岂有不帮之理。于是从口袋里摸出二两银子，对新娘说：“我去去就来。”可是他打开家中大门，看外边并没有人，正在他疑惑之时，感到一阵冷风袭来，紧接着一记闷棍重重地打在自己头上，他就什么都不知道了。直到第二天醒来时才发现自己在荒郊野外了。他努力地想昨晚发生的事情，赶紧回到家来，却告知发生了这么多事情。“大人，还有一件事情，就是我一直戴在脖子上的一块祖传玉佩在昨晚不知去向了。”林威补充道。

李栋林笑道：“你命差点都丢了，还管什么玉佩不玉佩的啊。”林威说：“大人有所不知，这块玉佩是祖上传下来的，价值连城，小民谨听父命，一直戴在身上……”李栋林不耐烦地摇手打断他的话。

李栋林看林威的头部，果真起了一个大包，还留有血痂。他让人把刘晓楼叫来。没想到刘晓楼矢口否认林威的新婚之夜去叫过林威，并且说道：“家母一直身体好好的，并未生什么重病。”李栋林就叫衙役去刘晓楼家查看，果真见刘母身子硬朗，没有半点生病的迹象。李栋林就冷笑着对林威说道:“你编得好,编得妙,看我如何让你说实话。来人,给我打!”于是凶神恶煞的衙役上来就是一阵暴打。可怜的林威从小没有受过委屈,细皮嫩肉的,哪里能够顶得住这样的皮肉之苦,只一会儿就已经是死去活来,最后无奈地地哭着说:“我……我承认是我害死了王元,我根本就不想跟她结婚,不过,这事跟我爹没有关系……”

李栋林这才放下心来,摇头晃脑地宣布案子破了,把林威押入死牢,等到上报后问斩。林冬青无罪释放。

意外的见面

回到家的林冬青跟老伴整日以泪洗面,不过越想越感觉窝囊,也越来越感到事情蹊跷。他了解儿子,绝不会做出杀人举动的。事情绝不能这样了结,总得有个说理的地方。这时他听说新上任的宁云州知府是个体恤民情的清官,于是决定前去告状鸣冤。

他找人写好了诉状,先出村里,又来到离村几十里的一个渡口,准备雇船过河,只见河面大雾弥漫,岸边的花草树木都被罩上了一股腾腾雾气。只有一个头戴斗笠的艄公焦急地站在岸边的一块大石头上。林冬青上前作揖请求过河,艄公面露难色,说道:“不是我不愿意,也不是这大雾能阻拦得了我,只是,只是……”林冬青一听,赶紧问道:“老哥有何难事,能否说来听听?”艄公这才说,河对岸有个病人,自己过来是想到附近打听一下有无郎中。”林冬青略一沉思,回答道:“这里离村子很远,再说这一带也没有郎中。”停了停,他继续说:“老哥,我家世代经营药材生意,耳濡目染,对看病也略通一二,若是信得过我的话,可以带我前往看看病人。”艄公喜上眉梢,当即摇船摆渡。

等过了河,艄公把他领到一处石头房子里,只见墙角处,斜坐着一个披头散发的年轻女子,面色苍白。林冬青搭手为她诊脉,然后对艄公说:“她无大碍，只是受了惊吓和风寒。”说着从自身携带的行囊里取出一个小瓶子，倒出几粒药，给姑娘服下，然后给她喂了些水，又拿出一件厚点的衣服帮她披上。艄公这才向他解释说这个女子是自己今天一大早从河里救起的。说着话的时候，姑娘已经醒了过来，有点恐惧地看着他两人。林冬青看这女子有点面熟。正疑惑间，女子倒是发话了：“请问，您是林家庄的吗？”林冬青心中一惊，说道：“是，是啊，姑娘怎么认识我啊？”女子有气无力地回答道：“爹爹，您不认识我了？我是您的儿媳妇，王，王元啊……”

林冬青吓得扭头就跑，儿媳妇早死好几天了，怎么现在又复活了。让谁不怕啊！艄公也在一旁看得莫名其妙，连忙拦住他问：“你不能走啊，你得说清楚，难道我是救了个女鬼不成？”经他这么一说，林冬青收住了脚步，颤颤巍巍地说道：“孩子，你到底是人还是鬼，莫要吓唬我啊。”女子“扑通”一声跪倒在地上，悲痛地说：“爹爹，儿媳根本就没有死，怎会是鬼呢？”“那你，洞房花烛夜，你怎么装死，吓唬我们呢？为了你，我们一家人在吃官司，威儿还被关在死牢里。”说到这里，已是老泪纵横，王元也是泪眼婆娑，泣不成声。艄公说道，既然你们是一家人，我就放心了，我还要去找我的儿子，他出去卖东西，已经两天没有回家了。”说着就要走。“你的儿子？”王元惊呼道，“请问大伯，你的儿子长得什么样？”艄公回过头，不解地看着王元。王元已经知道事有不妙，一再要求艄公描述一下儿子的长相。艄公简单说了一下，一再强调儿子额头上有道疤，并说儿子做点小本生意，昨日说好要回家的，但到现在还没见着人影。王元哭得更加伤心了，然后断断续续地说：“您，您的儿子遇害了，您的儿子长得跟您太像了，他一定是您的儿子……”艄公听了，差点昏厥过去。过了好大会儿，才要求王元说个来龙去脉。

来龙去脉

原来，王元并没有真死，那天她刚吃了一口喜馒头，林威就被人叫出去了，他走后，自己就感觉到一阵眩晕，然后就什么都不知道了。等醒来的时候，发现周围一片漆黑，用手敲了一下，才知道自己被装进了棺材，她不明白到底是怎么回事，感到绝望了，正在这时，听到外面有人在撬棺材，心中一喜，感觉自己有救了。可是等棺木的盖被揭开，却看到一个男子手里亮着明晃晃的砍刀。那男子一看王元已经醒了，高兴地叫了起来："哎呀，你早醒了，快让哥哥亲亲！"说着就要动手。王元在里面躲闪着，嘴里喊着救命。男子淫笑着说："你喊什么啊，我救了你，就该好好感谢我，要不你非得憋死在里面不可。跟我在一起，我绝对亏待不了你。"王元当然不是这个男子的对手，一会就被撒开了上面的衣服。她知道硬拼是没有用的，于是假装同意，说道："在里面也不方便啊，你若有意，就到你家去吧。"男子一听，高兴万分，就把王元拉出来。没想到，王元一出来就大声呼救起来，但是荒郊野外的，根本就没有别人，她边跑边喊，那个男子在后面猛追。跑出去大约一里多路，从小路上来了一个身背褡裢的年轻人，抓住后面的男子问出了什么事情，后面的男子眼珠一转，说是自己的妹妹要逃婚。王元来了胆量，说根本不是这么回事，他是个坏人。年轻人一下拦住了男子，呵斥道："有你这样用杀猪刀对待自己妹妹的吗？"男子一看瞒不住，凶相毕露，趁年轻人分心，挥起手中的大刀砍了下来，可怜年轻人一下子倒在血泊里，男子又连砍了几下，然后呼喊着让王元来帮忙把尸体装进棺材里。王元不敢不从，不过当把尸体放进棺材里，趁男子钉棺材盖的时候，她没命地跑起来。男子岂容她逃，就狂喊着猛追，最后跑到河边，眼看男子挥着砍刀追来，王元不甘受辱，就"扑通"一声跳进河里，以死来捍卫自己的清白之身。

说到这里，老艄公含着眼泪说："我今早来摆渡时，看见有个人被水冲到了岸边，搭手一摸，还有鼻息，就帮她烤了下火，后来这个孩子总算醒了过来。"

三个人来到山洞，查看棺材，本来艄公还心存一丝侥幸，但当打开棺盖,他还是一下子认出里面躺着的正是自己的儿子,禁不住悲愤异常,于是他们商定一块去宁云州找知府告状。

中途奇遇

他们溯河而上,因为疲劳过度,就决定暂歇一下。刚在一个小客栈坐下,就又进来了一个郎中打扮的老者,后面跟一个小童。由于客栈人已经满了,两人打量一番,就径直朝林冬青他们三人坐的小饭桌走来,老者彬彬有礼地问能否朝里挤一下。林冬青和老艄公平时都是乐善好施之人,自然应允。于是一个小饭桌挤了五个人。林冬青起身为老者和小童各倒了一杯茶。老者见这三人神情忧郁,满脸泪痕,便问道:“不知三位遇见什么不幸?俗话说在家靠父母,在外靠朋友,不知能否告诉我等?”人在脆弱的时候都希望得到别人的同情和帮助,经老者这么一问,勾起了林冬青满心的苦闷和愤怒,于是就一五一十地讲出了事情的来龙去脉。说到悲痛之处,禁不住眼泪流个不止,老艄公和王元也是哭个不停。

老者说道:“你们确实有冤情,不过你们大可不必再前去宁云州,就是去了也要扑空。我听人说新来的知府董远哲后天就要到林王县去审理一些旧案。所以你们到时候可直接去击鼓鸣冤。”

“这……”林冬青有些怀疑地看着老者,“先生何以晓得呢?”老者微微一笑,说道:“我有个堂兄就在州府当差,自然知晓此事。”老艄公一听,赶紧跪了下来,大声喊道:“既然你有堂兄在官府,请您帮着说说好话,一定替我们做主。”老者连忙扶起艄公,说:“那是自然,不过我有几个问题,你们可要如实告诉我。”三个人连忙点头。

“我问你,姑娘,你说自己只吃了一口馒头就晕过去了,你这个馒头是从娘家带去的,都有哪些人接触过这个馒头?”王元想了一下,回答道:“接触到馒头的人并不多,都是些最亲近的人。我的娘家人决然不会加害我的,不过邻居张寡妇那几天倒是很积极，由于她名声不好，再加上是个寡妇，所以我们都不想让她来帮忙，但是她却早早地就把礼金拿过去了，还扯了几尺绸缎，盛情难却，只好由着她来帮忙了。”

“你等等，这个张寡妇怎么名声不好了，莫非……”老者打断了王元的话问。王元点点头说：“具体情况小女不甚了解，但是常听别人议论她跟好几个男人有来往，也有人说她男人就是被她谋害的，只是谣传，没有人知道真相到底怎样。”老者点点头，然后问林冬青那个喜馒头是否还在。林冬青沉吟了一下回答：“应该还在我家里，老伴把它收起来了。”

饭后，老者和童子因为急着赶路，就先行一步，林冬青他们也回到了林王县。但当回到家，听夫人说喜馒头已经被官府的人取走了，急得捶胸顿足。罪证没了，他不知道该如何是好。

水落石出

到了第三天，林冬青，王元还有艄公到林王县衙去击鼓鸣冤。可是到了堂上一看，大吃一惊，只见大堂上坐着的竟然是前天遇见的那个老郎中，而知县李栋林则忐忑不安地坐在一旁。林冬青弄不明白怎么回事，不知道今日给他带来的是福还是祸。这时儿子林威也被带到了堂上，消瘦了很多，浑身被打得没有囫囵地方。父子俩抱头痛哭，王元也是心疼不已。

其实他还不知道，那个老郎中正是前来乔装私访的知府董远哲。他在来宁云洲之前，就知道这里官风不正，决心先整治几个贪赃枉法的知县，前段时间他就听说林王县发生了这么一桩离奇的案子，就准备以此为突破口，看看这个知县是怎样办案子的。没想到半路正好遇见林冬青三人。了解完情况后他跟随身小童抄密林小道到了林王县，先去林家取走喜馒头，掰开一块，给一条狗喂下，这条狗竟一会儿晕死过去，几个时辰方才醒来。他又到了王元娘家，询问那天有哪些人接触到了喜馒头，果不出所料，在蒸馒头的最后环节,也就是把馒头从笼里拾出来这个环节,是张寡妇张绣玉经手的。他进一步向乡邻了解张寡妇,得知她不守妇道,竟然与三个男子有瓜葛。

张远哲见人已经到齐了,于是大喝一声,命令衙役:“速将张绣玉带上来!”不多时,就见张绣玉被带上堂来。董远哲一怕惊堂木,喝道:“大胆刁妇,不守妇道,勾结他人,借跟王家帮忙的机会,将醉药掺入喜馒头,是受谁的指使? 快快如实招来!”

只见张绣玉大声喊冤枉,说自己是清白的。董远哲又问道:“看来你是不见棺材不掉泪,来人,将跟这个刁妇有染的几个男人都带上来!”

这一招还真管用,只见张绣玉几乎瘫倒在地上,就哆哆嗦嗦地把如何加害王元的经过全部说了出来。

原来有个富家子弟,也是她的情夫,竟然看上了年轻貌美的王元,于是就想占为己有,他知道靠自己找人说媒也是枉然,就想先霸占再说。于是就用金钱诱惑,先出钱让张绣玉给王家随礼,取得好感后,再借帮忙的机会,将事先配制好的药覆在馒头上,人吃下后会假死,然后待王元被装入棺材后,再偷偷打开棺木,向其灌入解药,使其清醒,最后掳为自己所享用。

听到这里,大家都面面相觑,想不到这些人真是蛇蝎心肠。而坐在一旁的知县李栋林此时已是大汗淋漓,惊慌失措。董远哲喝道:“快说,这个男人是谁?”

张绣玉小声回答:“李忠。”话音刚落,李栋林就滚倒在地上。董远哲故作没有看见。原来这个李忠就是李栋林哥哥的儿子,也是他们李家的独苗,这个富家子弟仗着老子有钱,叔叔是知县,所以平日里为非作歹,吃喝嫖赌,寻花问柳。而李栋林故意袒护这个侄子,那天去山洞开棺验尸回来,从衙役交给他的那件饰物上,已经知道是自己侄子作的案,于是就悄悄隐瞒下来。本想等知府批阅后就可以将林威处斩,案子也就结了。没想到这个知府大人竟然巡访此处,并亲自审案。

不大一会儿，就见捕快将李忠五花大绑地带到堂上。他先看看地上跪着的张绣玉，本还想抵赖，可是当看到坐在一旁浑身发抖的叔叔时，已经没了多少底气。别看他平日在百姓面前作威作福，第一次到这种肃穆的场合，早被吓破了胆子。董大人将惊堂木一拍，他就瘫了。董远哲单刀直入，问道："大胆刁民，那夜你为何冒充刘晓楼将林威骗出？"

李忠只好如实回答："一来我是想调虎离山，二来是因为我早看上了林威脖子上那块值钱的玉佩。"董远哲又喝道："还有什么事情瞒着本官，如实招来，以免受皮肉之苦！"李忠就又把去年如何跟张绣玉通奸，后来又合伙将张绣玉的男人毒死的事情都竹筒倒豆子地全说了出来。在场的人都心服口服，夸董大人料事如神。

最后，董远哲当堂宣判：杀人凶手李忠恶贯满盈，打入死牢，秋后问斩；张绣玉跟人合谋害死男人又加害别人，一同处死；李栋林身为知县，不仅不为民做主，而且草菅人命，又纵容亲人为非作歹，先削去官职，然后打入牢房；林威无罪释放，跟新婚妻子团聚；艄公的儿子冒死帮助别人，得到官府的抚恤。

宣判后，林冬青和儿子儿媳以及老艄公长跪不起，再三表示感谢。董远哲将他们扶起。嘱咐好好过日子，林王县从此太平了。

不 归 路

扑朔迷离

明朝中期,朱一行就任云霞县县令,他为官清正廉洁,处处为民着想。深受百姓爱戴。

这天一早,他正埋头批阅公文。听到外面有人击鼓报案。他让衙役把击鼓之人带上来。跪在大堂之上的是一个十七八岁的伙计。朱一行忙问他有何冤情。伙计自我介绍叫王童,是县城里青青皮草行的伙计,掌柜王明新回家探亲已经两个月了,还没有回来,而原先说好最多二十天即可返回的,现在店里的事情自己无力处理。朱一行问道:“这王明新是何方人士? 家中有何人?”王童回答道:“掌柜的家离这里有上百里路,叫王野坡,家里只有媳妇和年幼的儿子。掌柜的出来做生意已经有两年了,这段时间见生意做得顺风顺水,而且思念家人心切,打算这一次回去把老婆和儿子接到县城里来。于是就提出来让我暂时料理生意。我昨日把这件事情说给了几个老客户听,他们猜测掌柜的八成是遭到了不测,所以我才赶来报官,请求大人明察。”朱一行沉思了一会儿,又问了几个问题,就让王童先回去了。

朱一行叫过两个得力的衙役,赶到王野坡去了解情况。十日后,这两个衙役风尘仆仆地赶了回来,向朱一行汇报说见到了王明新的老婆宋英,她说王明新根本就没有回去过。而且他们问过了她三岁的小儿和邻居街坊，都说没有见过王明新。听说自己男人失踪了，宋英哭得死去活来。朱一行听后，感觉很奇怪。难道是中途被害？王野坡离这里路途遥远，而且时有盗贼出没。于是他又传来了王童，问王明新跟什么人有交往。王童想了一会，说道："掌柜的倒是跟于村一个叫于小文的相处不错。临走时，他曾自言自语地说一定要去拜访一下这位老朋友。"

于村离这里顶多二十里路，朱一行叫人把于小文传到了县衙。于小文是一介书生，他承认王明新的确去过自己的家，还留宿了一晚，本想多留他住几天，但是王明新说还有急事要处理，所以就走了。"他说过什么急事吗？"朱一行问道。于小文摇了摇头，说："他没有主动说，自己也不好随意打听。"他让人根据王童和于小文的描述给王明新做了个画像，从县城到王野坡一路张贴，查听王明新的下落，但是仍然没有消息。不过他坚信只要有鸟飞过，就一定会有鸟鸣声，他从不放过蛛丝马迹。可是这一次，究竟从哪里下手呢？他一直在苦苦思索着。

在这之后，官衙不断地抓住沿途的一些盗贼，但都不承认曾经抢劫过这么一个人。案子到此，没有了线索。此时又有几个案子需要办理，这件事就先搁置下来了。而此时王明新在县城里的店铺关门了。朱一行听说后感觉很内疚，总感觉这事情很蹊跷，但又查不出个所以然。

身陷囹圄

又过了五年，这段时间朝廷发生了不少事情，有个谋反的李姓大臣被抓住，凡是跟他有交往的人都逃不了干系。本来离京城很远的朱一行跟这个大臣没有任何来往，但大臣的党羽乱咬一气，就把朱一行也牵涉了进去，朝廷又找不出真凭实据，但念他以前办事得力，就没有治他死罪，而是发配到荒野之地服劳役。

说来也巧,朱一行服劳役的地方正好是王野坡。这里人烟稀少,树林茂密,山峦叠嶂。他被安排在一个小房子里居住,而这正是王明新的家。宋英在王明新失踪的第二年就带孩子改嫁他人了。这让他很是感慨,一个人的性命往往牵涉好几家人的命运,同时为自己未能及时侦破王明新失踪案感到深深的自责。

打开已经蛀蚀的木门,屋里蛛网密布,地上很多干草,到处是老鼠和各种昆虫爬行的痕迹。他把门敞开,透进些阳光,并在院子里找了把扫帚打扫屋子,打算收拾干净了再把自己铺盖放在炕上铺好。这时突然有个东西滚了一下,他定睛一看,是一块碎玉。他急忙捡了起来,拿在手里查看,断定是从一个手镯上断下来的。而且在断裂的部位好像有字,他用手擦拭了一下,才看清原来是个"古"字,在这个字的旁边还画着一个圆圆的月亮。他不明白是什么意思。

后来,他在劳作之余,有意无意地打听王明新的事情。大家都说这是个忠厚之人,跟妻子宋英也是恩爱有加。然后他问大家是否见过宋英佩戴过玉手镯。大家都摇头说从来没有见过。但是有一个跟宋英差不多大的妇女说:"记得宋英以前说过她好像出身一个富有之家,只不过后来因战乱跟家人失掉了联系。"朱一行若有所思。

一年后,朝廷查明了李姓大臣谋反的全部情况,并梳理所有案件,发现很多人是被冤枉的,于是就着手为他们平反昭雪,这其中就包括朱一行。后来,他又在翰林院的保荐下出任青云州知府。

他上任的第一件事情就是继续办理王明新失踪的案子。他让人把于小文带到衙门。朱一行问他这些年过得可好,是否还经常记起王明新?于小文见已经升官了的朱一行还在挂念自己的好友,十分感动。朱一行开门见山,问道:"那次王明新到你家去,你可曾见过他有一个玉手镯?"于小文突然眼睛一亮,连忙说:"是的,见,见过,他一直拿在手里摆弄。我当时问他,这是什么宝贝，他笑着摇摇头说哪是什么宝贝，只不过是件信物罢了。他说着还让我把玩了一会。”“那你上次为何不如实告诉本官？”朱一行有些动怒。于小文赶紧辩解道：“上次大人没有问，我以为这种小事，对破案无关，所以就没有说，请大人饶过小民。”

朱一行将于小文叫到跟前，拿出那块断玉让他辨认。看了一会，于小文点头说正是这块。朱一行很兴奋，这完全验证了自己之前的判断。他让捕快赶紧去缉拿宋英。

真相大白

再说宋英改嫁到了邻村后，日子过得并不顺。这日，她正在院子里剥苞谷，见有衙门的人进来，顿时面色苍白，并从嘴里挤出一句话：“你……你们还是来了。”然后一下子瘫倒在地上。

被带到衙门，朱一行把惊堂木一怕，大声喝道：“大胆刁妇，快快把你如何害死男人的罪行如实招来！否则大刑伺候！”宋英已是泣不成声，不得不说出了真相。

原来，他以前跟丈夫王明新确实很恩爱，但是王明新一心扑在外面，一去几年不归，她耐不住寂寞，加上长相漂亮，就跟邻村的屠户林小木勾搭成奸。两人经常在夜间幽会，因为村里人居住得非常分散，所以长时间也并没有被发现。王明新曾托人捎信说会在七月十五回到家，于是她跟林小木暂停了来往，而是准备了许多好吃的，等候男人回来。但是一直等到二十，还是没有见王明新的影子，她以为他有事耽搁下不来了。于是就在二十这晚上让林小木过来，林小木见有这么多好吃的，就让宋英拿出酒来，两个人你来我往，喝了不少。然后就迫不及待地上床，正在亲热之时，院子里传来了敲门的声音，紧接着传来一个声音：“小英，我回来了。”两个人吓呆了。宋英更是颤抖不已。“你去开门，我来对付！”醒悟过来的林小木恶狠狠地说。

宋英本想劝他不要乱来，但是外面的栅门已经打开了，人已经进到院子里。她就去开卧房门，等王明新刚一迈进屋，林小木举着的刀就砍了下来。可怜王明新连哼一声的机会都没有就倒在了血泊里。“还站着干什么！快来帮我！”林小木叫道，然后对她说：“事已至此，怕也没有用，大不了我把你娶回家，眼下最要紧的是把他的尸首处理掉！”也许是林小木的许诺起了作用，宋英这才如梦初醒，赶紧帮着林小木把王明新的尸体抬出家里，埋到后山坡上。后半夜正好下了一场大雨，把一切痕迹都冲得荡然无存。第二年，林小木果真将她娶回了家。

“只求老爷能将小民尽快处死，这些年我一直生活在自责和惶恐之中！”宋英满脸泪水，长长的头发遮住了她消瘦的面孔。朱一行呵斥道：“你为了追求好日子，不守妇道，夺人性命，罪不容赦！”宋英哭得更厉害了，喃喃地说：“别提什么好日子了，自从嫁给林小木，没有过上一天好日子不说，还害得我的娃儿整日挨打……”

正在这时，衙役把林小木也抓了回来。他对自己所犯的罪行供认不讳，但是态度极度蛮横。听见宋英在哭，还不住地训斥，被衙役暴打了一顿。

无缘的福分

朱一行缓缓地问道：“宋英，难道你就不想知道当时你丈夫为何晚了几日才到家吗？”宋英抬起头，说：“他人死了，我也无从知道，我到了阴间再听他说吧。”

朱一行又问：“你记得这块玉手镯吗？”说着拿给宋英看。宋英哭得更伤心了，说把王明新杀死之后，第二天才发现摔碎在地上的这个手镯。她到现在也不明白，为何当时王明新会把手镯拿在手里呢！

“那你就告诉本官这个玉手镯的来历吧。”宋英边哭边讲。原来，宋英出生在一个富有的大户之家，她还在襁褓之时，因为战乱，父母受到官府的追捕，她只好被奶娘抱走了。临走，母亲给她手上戴了一个带有标记的玉手镯，作为日后相认的依据。在她刚懂事的时候，奶娘病死，她没了依靠，颠沛流离，差点饿死，最终被王家收留，并嫁给了王明新。她经常向丈夫提起自己的身世，王明新就说等有机会一定帮她找到生身父母。那时他到外面，一是为了做生意，另一个目的就是帮她打听她父母的下落。

听完她的话，朱一行问："你本姓胡，对吗？"宋英愣了一下，然后点点头，"奶娘临死的时候告诉了我一些家里的情况。"朱一行又问："难道你就不知道吗，人只有在最兴奋的时候才会把重要的东西捧在手里。"看着宋英疑惑不解的目光，朱一行继续说道："你的丈夫在回家途中，意外得知在邻县有个姓胡的大户，他想或许有希望，于是就改变行程，不辞辛苦去打听你父母的下落。"宋英瞪大眼睛，问道："大……大人，您怎么知道？"朱一行说："昨日我见到了你的父母，他们证实了我的判断。当王明新拿出玉手镯来给他们看时，你父母一家人哭得惊天动地。然后，你丈夫就赶紧回家，要把这大好消息告诉你，当时光顾高兴了，也没有告诉你的家人你住在哪里。等王明新走后，他们本想少则几天，多则十几天就会领着你去见他们，谁知这一等就是几年。期间，他们发疯般地到处找，始终没有结果。现在，他们来了……"说着，让人把他们领了进来。

在宋英震惊的目光中，进来了几个人，其中有两个老人。老人哆哆嗦嗦地走到宋英跟前，打量了一会，然后一把把她搂在怀里，放声大哭……宋英则像木偶一样，两眼呆滞。

过了一会儿，宋英趁众人不注意，往墙上一头撞去，当时就昏了。

最后，朱一行当堂做了宣判：林小木被押入死牢，秋后问斩；宋英作为从犯，理应严惩，但念其悔改，被判服刑三年，并供养王明新年迈的父母。

朱一行让人将这个案子写成小册子，让官员百姓从中吸取教训，珍爱自己，善待家人。

螳螂捕蝉

刘大爷是一名退休工人。老伴去省城看孙子去了,只有他一个人在家。平时跟老伙计一起聊聊天。日子过得倒也惬意。

这天吃过午饭,刘大爷下了楼,准备到大门口溜达溜达。发现路边坐着个妇女,前面放着一个小牌子,写着:高科技清洗油烟机。刘大爷顺便问了一句:“什么是高科技清洗啊?”

妇女很有礼貌地回答:“大爷,这高科技清洗就是利用一种全新的技术,把油烟机清理得干干净净,跟新的一样。”刘大爷“哦”了一声,准备走,家务事他从来都不管不问。他当然也不知道油烟机该不该清洗。

这时妇女又说:“油烟机要是长时间不清洗,不仅排烟效果不好,费电,还会对人体造成极大的危害。清洗一次才要40块钱,给老年人再优惠点,只要30元就可以。”

就在刘大爷犹豫的功夫,妇女已经拨通了她老公的电话,用外地口音跟老公联系,聊了几句后,又用普通话说道:“这里有位大爷要清洗油烟机,咱给他优惠点,赶紧过来吧。”刘大爷也就不好说什么了,心想清洗就清洗吧,反正总没什么坏处,留下地址就回家去等着了。

不一会儿,一个小伙子提着工具箱登门了,自称叫刘伟。他进入厨房后,打开了抽油烟机,问道:“大爷,您这机器用几年了?”刘大爷说应该好多年了。刘伟告知刘大爷,这抽油烟机的零件已严重磨损,风轮跑偏,需要更换一个新风轮,否则清洗完了也不会好用。

刘大爷以前在报纸上、电视上看过老年人在清洗油烟机时被换天价零件的受骗报道,他为此还经常告诉同伴千万不要上当。所以今天他多了个心眼儿,就问小伙子:“你也装配件?”

刘伟立刻摇摇头说:“大爷,我只管擦机器,没有配件,您可以给厂家打电话,千万别买路边小店里的便宜货!”刘大爷听了很受用,人家真是为自己着想啊。于是警惕的心就松懈下来了,连忙道:“小伙子谢谢你了,今天就不洗了,等换了零件再说吧。

刘伟很爽快地说好。“大爷,我顺便给您检查一下线路吧,老年人应当特别注意安全。”刘大爷心里流过一阵暖流,这比物业服务还好呀。说着给他指了指电闸的方位。

大体瞧了瞧,都没有问题。刘伟返回厨房拿东西准备离开,突然他喊道:“大爷,上面这不是有联系方式吗。”

等王大爷晚一步进了厨房,刘伟当着王大爷的面,突然从抽油烟机里拿出一张小卡片。说道:“这里有厂家电话啊。刘大爷一看那卡片上印着“全国售后服务中心”。刘大爷对此不以为然,小伙子却一再热情建议,“这是厂家电话,打个试试呗,他们要是有现成的配件,换了后,我接着跟您清洗,多省事啊!”见王大爷犹豫,小伙子竟用自己的手机拨了电话。

电话打通后,小伙子赶紧把手机递过来,刘大爷只好勉为其难接到手中。说明情况后,电话那端的售后人员表示,“现在我们正好有工人在您的县城里,等大约半小时吧,让他去您家看看。”

随后刘伟留下一个手机号码,说:“还有一个客户在等着我呢。您换完配件再给我打电话吧。”说着便走了。

不到半小时,一名厂家售后人员来到王大爷家,身上穿着工作服。一进门，就自觉地套上鞋套，并说这是公司的要求。刘大爷给他倒杯水，他说公司规定不能喝客户的水。刘大爷顿时对男子增加了不少好感。

男子对油烟机查看一番后，对王大爷说："大爷，您这种型号的机器早已停产，已经没有配件，而且这个牌子已经被一家大企业给兼并了，年初的时候这款机器已被召回，那时候补个差价就能换台新机器，旧机器能折200元至700元。

刘大爷一听自己的杂牌机可以换成名牌机器，就禁不住问道："那现在这项活动还在进行吗？"男子摇了摇头说不知道，"要不我跟您问问吧。"于是掏出手机，一阵交涉，男子对刘大爷说："因为客户多，又延长了一个月，您要是愿意换的话，我车上就有一台现成的机器，是给别人送的，刚才打电话他没在家，看您着急，就先给您装吧，原价3700元，您这旧机器用得挺仔细，折价就按最高的700元算，您再补3000元吧。您得在这里签个字。我们回去好交账。"刘大爷想了想就同意了，问能便宜点吗。男子说："对不起，大爷，我们是正规公司，不能砍价的。这是最新产品，微电脑控制，能根据室内油烟的多少，自动开机和关机。"刘大爷一听这个功能好。

男子出去了，很快就扛着一台抽油烟机出现在门口，包装上清楚标着一个全国名牌。

当着刘大爷的面，他打开箱子，让王大爷验货，说道："这种新产品只要倒入清洗剂，就可以全自动电脑清洗，省时省力。"收了钱，开了发票，很麻利地给装好机器。刘大爷满心欢喜地把揣着自己3000元钱的工作人员送出家门……

等他走后，刘大爷才觉得这事有点不对劲。打开油烟机，跟刚才不一样，这回声音很大。先想这下完了，肯定是遇着骗子了！

正在这时，外面响起了敲门声。打开一看，是一个瘦瘦的小男孩。

再说那个自称叫刘伟的人，看同伴出来了，就打招呼让大家赶紧走。他们的面包车停在另一个胡同里。可是等他发动起汽车，只见旁边的一棵树摇晃，就是不见车动，越加油门，树越晃动得厉害。于是下车看，吃惊地发现车轮子被一根长长的铁链子锁在树上了。另外两个人也慌忙下来看。

这时两个十一、二岁的小孩出现了。一个小胖子，另一个是小瘦子。小胖子对刘伟说："知道是谁干的吗？"刘伟问是谁啊，快告诉我，还有急事呢。

小胖子拍了拍胸脯，说："是我俩干的。"他们睁大了眼睛，不敢相信。小胖子继续说："知道我们为什么这样干吗？"刘伟说不知道啊，赶紧打开，否则我们就不客气了。

小胖子毫不示弱，大声说道："你们就别装了，赶紧把骗到的钱交出来。"刘伟几个人先是愣了，随之摇头说："没有骗钱啊，我们是做合法生意的。"

小胖子就让小瘦子说，只听小瘦子屋里哇啦说了几句外地口音，然后指着那个妇女说："刚才我听见你在电话说的就是这几句，说这里有个老头，应该很好对付，骗几千块没问题。对不对？"

几个人见事情败露了，脸上出现了寒光。刘伟攥起拳头，朝两个小孩挥了挥，说道："赶紧打开，否则收拾你们！"

小胖子指了指旁边散步和打牌的一大堆人，说道："只要我们大声一喊，别说车要不成了，连你们也跑不掉了。快点拿钱！你们连老人都骗，真是太可恶了。"

刘伟扭头看了看，如果撒野的话，还真跑不掉，跟几个人嘀咕了几句，从包里掏出了一沓钱，说："给你们吧。"小胖子把钱接过来递给小瘦子，小瘦子拿在手里，先是用手摸，然后再对着阳光照，顿时反应过来："这些钱都是假的。"

小胖子急了："你们还有假币，罪加一等，要不我们还是报警吧。"

"别，别，小兄弟，这是真钱。我们讹了那个大爷3000块钱，都在这儿了，赶紧给我们打开锁吧。"说着递过了另外一摞钱。

小瘦子接到钱后，点了点，然后冲小胖子点点头。小胖子磨磨蹭蹭地来开锁。“你们倒是快点啊。我们还有急事呢。”

小胖子说：“什么急事啊，还不是继续骗。”

正在这时，刘大爷和警察赶到了。“对，就是这几个人。”刘大爷上气不接下气地对警察说。

几个人束手就擒。小瘦子对警察说：“他们还有假钱呢。这是刘爷爷被骗的那3000块。”

经过审讯，发现他们都是外地流窜到此的惯犯。

但是小胖子和小瘦子为何知道这事呢？原来下午刘大爷跟那个摆摊子清洗油烟机的妇女对话时，他们俩正好在旁边玩，而这个小瘦子是从外地来的，那个妇女说的话他都能听懂。本想劝刘大爷不要上当，谁知道刘大爷转身走了。于是他们就紧盯着这名妇女，一直跟到离刘大爷家两百多米远的地方，这里停着一辆面包车，几个人一会接个电话，出出进进，忙碌得很。小瘦子又一次听到了他们的谈话，确信是骗子。小胖子就回家把爷爷锁狗的一根铁链子拿了来，趁他们不注意，把车轮锁住了。小瘦子则跟随这几个人找到了刘爷爷的家，当他们行骗完出来，他敲开了刘爷爷的家门，让刘爷爷赶紧报警。

那小瘦子怎么能看出假币和真币呢？这是因为他父母做小生意，他经常帮着点钱，父母教给了他很多区分真假币的方法。

几个骗子做梦也没有想到最终竟然栽在两个小孩手里。

第二辑

十里花屯的枪声

第二辑

十里花屯的枪声

犬养大佐带着他的手下进入十里花屯时,正值晌午,白花花的太阳能把人晒个半死。十里花屯正如其名,各种各样的花开满路边,五颜六色,层层叠叠,吐露着芬芳,展示着勃勃生机。

大佐的手下很快就把村子给围住了,然后把全村老少集合到打麦场里,让老乡们交出八路军的伤病员。大佐手下的兵很迅速地在众人面前架起机枪,黑洞洞的枪口对着这群手无寸铁的百姓。

在这之前,大佐手下的人已经气势汹汹地在村里搜索了一遍,见屋就进,见洞就钻。赶的鸡飞狗跳,但是一无所获。八路的伤病员像飞了一样。不过,犬养大佐不知,他的手下也不知,其实他们已经做了一件很大的事情。一个鬼子兵用刺刀朝一垛麦秸例行公事地刺了几下,正是这几下,刺到了藏在里面的一个八路军战士的要害处。这个战士很顽强,为了不暴露目标,硬是一声未吭,因为他知道,这是通往地道的地方,里面就藏着十六个八路军的伤病员。他咬紧牙关,直到流尽最后一滴血。这个日本兵没有发觉此事,是因为他在往外抽刺刀时候,麦秸已经把刺刀上的血迹拭干净了。不过这可坏了八路军大事,因为这周围有两个村子,都有八路军的伤员,他们不知道鬼子会往哪个村里去。按照此前的计划,这个八路军战士要等鬼子进村时,打一枪给外面埋伏的战友报信,战友们就可以迅速包抄过来,消灭日军。现在没有人发信号了,形势很严峻。

犬养大佐在老乡们面前慢慢踱着步,尽管满嘴的酒气,但脸上挂着微笑,和蔼得让人不相信他是杀人不眨眼的鬼子。手里的一支小手枪也不像是能杀人的东西,倒像一个小玩具,随着大佐手臂的摆动,很滑稽地在他手里跳跃着。此前大佐用日本话呜哩哇啦的跟一个手下说了一堆,他旁边的中国翻译能听得懂,意思是中国人太笨了,被像猪一样赶了过来,等着挨宰吧。然后大佐用生硬的中国话说:"乡亲们,打搅了,我们其实是一家人,只要你们交出八路,我们不为难大家……"他话刚说到这儿,突然从人群里传来一声婴儿的啼哭。这个声音是那样惊天动地,让大家的心几乎跳了出来。犬养大佐也是一怔,很快他朝人群招招手,让抱孩子的妇女把小孩抱到前面来。妇女佯装不懂,低着头,使劲捂住孩子的嘴。但这是徒劳的,一个鬼子兵很快就挤进人群,不由分说把孩子给抱了出来。妇女发出撕心裂肺的哭声:"我的孩子,我的乐乐。"

大佐笑眯眯地接过孩子,在众人惊愕的目光下,从自己兜里掏出几粒糖,放在乐乐的手里,还朝乐乐挤了挤眼,乐乐接过糖,也不客气,放进嘴里吃起来。刚刚两岁的乐乐长得白白胖胖,笑起来有两个小酒窝,煞是可爱。

大佐一手抱着孩子,一边朝乡亲们继续训话:"我知道八路就在你们中间,只要你们指认一下,我保证大家的安全,但是,如果你们拒绝合作,可是要……"说着挥了挥手里的小手枪,又朝旁边的机枪看了一眼。

一般情况下,他最终是要靠枪弹说话的。自从来到中国,杀人早让他麻木了。在他看来子弹飞舞的场景就像是钢琴上的音符在跳动,感觉好极了。

可是等他回过头来时,不光他感到意外,百姓们更是吓坏了,只见乐乐扔掉手中的糖,伸出一只小手抓住了大佐手中的小手枪。大佐脸色一变,用枪指着乐乐的小脑袋,做了个扣扳机的姿势。人群中有人发出了尖叫声。但接下来出人意料的是大佐禁不住哈哈大笑起来:"你的,可爱的小孩,也爱玩枪？给你。我们是一家人。”说着就把小手枪塞进乐乐的手里。乐乐一下子就笑起来。然后大佐把乐乐放在地上,乐乐就坐在地上专注地摆弄起这个小玩具。

大佐继续他的训话:“八路的很坏,看着你们倒霉,也不出来救你们,大大的坏了。而我们是来救你们的。”他说这话是有效果的,因为人群中确实有两个没有来得及躲进洞里的八路,听小鬼子这么一说,也感到脸上无光,但是理智告诉他们得重大局。不过他们很疑惑,鬼子进村这么长时间了,为什么还没有人往外发信号？照这样下去,后果不堪设想。可是由于他们两个手中没有武器,再说被乡亲们挤到最里面,根本没法动。他们也干着急,决定先看看形势再说。

与此同时,外面的八路军战士在焦急地等待着消息,鬼子到底在哪个村子？如果让战士们分别进到两个村子的话,就不能达到集中优势兵力,全歼日军的目的,也会提前暴露自己。而派出去的侦察员好久也没有回来。

大佐的耐心越来越小了,他脸上的笑容已经荡然无存。在他看来,这些老百姓太顽固了,像铁板一样硬,他没法撬开他们的嘴巴。看来,不杀几个给他们点颜色看看是不行了。他用手朝人群最前面的一个老人一指,就有两个日本兵跑步过去把老人给拖过来。大佐大声喊道:“你们十里花屯的人大大的坏,看看这周围的风景,看看这些花,要是被血水染坏了,是多么可惜。”然后又用刺刀指着老人说道:“现在我给你最后一次机会,否则就没命了。”老人像一棵大树,一动不动。大佐挥动指挥刀,只见寒光一闪,老人轰然倒地。接着,大佐又接连杀了三个人,全是用他的战刀。这把刀随他征战多年,砍人无数。十里花屯再美的风景也抑制不住魔鬼屠杀的欲望。

大佐的脾气越来越坏了,他一个手势,然后朝人群吼了起来:“我数到十,如果你们再不说,就让八路来给你们收尸吧！”接着,他就开始数起来,

“一，二，三……七……”眼看一场屠杀不可避免。而两个八路军伤员互相做了个手势，准备站出来，以保护老乡。乡亲们一个个闭上眼睛，等待着最后时刻的到来。

突然，“叭”的一声，那样刺耳，那样清脆。大伙知道一定是哪个乡亲又被杀死了。

然而让所有人惊呆了的是，捂着肩膀慢慢倒下的竟然是犬养大佐。然后传来了一个小孩的哭声。

是乐乐！人们怎么也不敢相信，乐乐开枪了。开完枪的乐乐扔掉了手中的小手枪，哇哇大哭。他吓坏了。

几个日本兵迅速跑过来扶起犬养大佐。大佐想举起手来，但太吃力了，等他换了条胳膊，举起来做了个杀的手势时，已经来不及了，村外的八路军战士听到枪声，立刻冲了进来，鬼子被打得晕头转向。群众借此机会掩护着两个伤病员四散而去。

此战，八路军大获全胜，五六十个鬼子的尸体像死猪一样横七竖八地躺在麦场里。犬养只带着六个鬼子侥幸逃走。

乐乐立了大功。人们有一千个理由相信那是一个巧合。其实，乐乐早就玩枪了，住在他家的八路叔叔削了把木头枪给他当玩具，他喜欢得不得了。那天犬养大佐拿着枪瞄来瞄去，又勾起了他的欲望。

犬养大佐被他的上司骂了个狗血喷头，一个军人丢掉了武器，就丢掉了荣誉和尊严。当然更严重的是，乐乐的那一枪正好打在他右边肩胛的要害之处，也就是说他再也不能拿动武器了，不能为天皇和大日本国效力的军人就如同行尸走肉。为此，他痛苦万分。但是冥冥之中，他也感到一丝不安，一个民族如果连小孩都具有这么强烈的反抗精神，是没有人能撼动她的。那天的失败是他来中国一年多最惨的一次，他发誓要亲手杀死更多的中国人，但当这一切无法实现的时候，他由愤怒到偏执，最后疯了。

时隔六十多年，此事才得以披露，很多人都感到不可思议。十里花屯也因此而出名，来参观的人络绎不绝。那里的花开得依然艳丽多彩。

秋日的温馨

一

董文秋在山坡上承包了一大片土地，种了桃树、苹果树、核桃树等。春天来了，漫山遍野的野花和果树花盛开，五颜六色地装扮着山坡。树林旁边有三间小屋，他一个人吃住都在这里。

最近他发现不少市民前来挖蒲公英。他地里的蒲公英特别多，一棵一棵顶着小黄花，在微风的吹拂下，轻轻摇曳，煞是好看。以前铲都铲不败，铲下来后就被扔掉了。可是今年很多城里人突破了他的篱笆，到园子里来挖，挖得地里千疮百孔。董文秋不知道蒲公英有什么用处，但是这么多人来挖，肯定是好东西，他听人说泡水喝特别好。于是他就试着用来泡水，但是有股怪怪的味道。自己喝不上来，说不定可以卖钱呢。于是他就想了个计谋。再有人来挖的时候，他先是不管，任有其挖，看着挖得挺多了，就出来，装作惊讶地大声说："你怎么敢在这里挖啊，我刚刚打过药！"

城里人吃东西仔细，一听这话，很多人第一反应就是尖叫一声，然后迅速地把好不容易挖的蒲公英全部倒掉，再到其他地方去挖。等他们离开后，董文秋就走过去，把蒲公英捡起来，拿到市场上或者药店去卖，还真卖了不少钱呢。既挣了钱又给地里除了草，自己还不用费工夫，真是一举多得的好事情。他为自己的聪明而洋洋自得。

这天，园子里来了位年轻人。提着个方便袋，拿着一个挖刀，等董文秋发现的时候，他已经挖了大半袋子。董文秋端着个小茶壶，故伎重演，大声喊道："小伙子，你怎么在这里挖野菜啊，前天我刚打了农药！"年轻人抬头看看他，说："谢谢你大叔，没事，回家洗洗就可以了。"咦，原来是个不怕死的。董文秋看看这个年轻人，长得很精神，穿着一身蓝色运动服，一看就是非常体面的人。可是这么体面的人，怎么就不怕毒呢。

董文秋说："洗洗也不行，这可是剧毒农药，我劝你还是别挖了，否则出了事，我可负不了责任。"年轻人说："大叔，您骗我呢，这里面根本就没有打药。"董文秋一愣，忙问你怎么知道。年轻人说："你这里面种的都是香椿树苗，要是打了药，谁还敢买你的椿芽啊，再说这个季节根本不用打药，除非你的钱没地方花了。"见谎言被戳穿，董文秋有点不好意思。不过他一下喜欢上了这个年轻人，他喜欢跟聪明人过招。他把小伙子上下打量了好久。"你是干啥工作的？"他问。小伙子说自己在一家公司上班。董文秋招呼他到自己屋里喝杯茶。

年轻人就跟着他来到小屋里，说自己叫李天威，是来为父亲挖蒲公英的。"这蒲公英到底有什么用啊，这么多人来挖？"董文秋问。年轻人说功效不少呢，你可以到网上去查一下。董文秋不懂什么网络，他只知道北京，儿子就在北京上大学。

"你的土地往外出租不？"年轻人冷不丁问。董文秋忙问："是你租吗？租多少？"

年轻人点点头，指着屋外说："这一片我都租下，价钱咱好商量。"董文秋说："你等等，我还不知道你种什么呢，我的香椿树可是刚刚成材，快要卖了。"李天威说："这你放心，我就种蒲公英。你的香椿树也可以不用动，在里面长着就行。"

董文秋不解地问："现在满院子里面都是蒲公英，等收了这茬，从根部就会重新冒出下一茬来，为何还要重新种呢？那不是六个手指头挠痒痒，多一道吗？"

李天威笑了笑没有回答。而是问这土地以前是种什么的啊。董文秋回答说是种桃树的。

李天威自言自语地说："种桃树，桃树，这可糟了……"然后对董文秋说："你这些土不行，种过桃树，肯定没少打农药。所以里面的蒲公英都是不能用的，我挖的这些，肯定也是农药超标，得扔掉。"

董文秋不敢小瞧这个年轻人了。忙问你怎么懂这么多啊，看你不像种过地的啊。"李天威笑道："大叔，实话说吧，我对种地一窍不通，所知道的这些都是从我父亲那里学到的，而我租下你的地，也是让他老人家来种的。他是个闲不住的人，一来可以锻炼一下身体，二来他对蒲公英情有独钟。"

这倒是新鲜，董文秋想了一下就同意了。没想到李天威还提出来两个要求，第一个还好办，就是要董文秋必要的时候帮助老父亲种一下地，工钱另付。而第二个则比较难办。那就是要他把地里的土都换一遍，换成山顶上那些比较松软的老土。至于吗，种地又不是绣花。再说这里的土本来就很肥沃了。可李天威还是那句话，这土已经被污染了，所以一定要换。可以另加钱。董文秋还是听得迷迷糊糊，好好的土地，怎么说已经被污染了呢。李天威解释道："来的时候，我父亲特意交代，要是以前种过桃树，就要换土，因为打药太多。"董文秋想了想确实如此。每年都不止十遍药。

二

过了两天，李天威开着车来了，从车上下来一位老者，应该就是李天威的父亲，年龄也就是七十岁左右，人比较瘦削，像大病初愈的样子。董文秋先在旁边观察了一番，然后上前一步，叫声李老爷子您好。老爷子高兴地跟他握手，然后就是看地。发现董文秋说话有点困难，一问才知他舌头溃疡。老爷子二话没说，从路边拔了一棵蒲公英，把根折断，流出了白色的汁液，让董文秋伸出舌头来，把汁液滴在溃疡部位。这管用？董文秋好奇地问。李老爷子说明天就能好。

李天威讲了自己的计划，老爷子一个劲儿地点头。他们来到山坡处，只见这里有几棵高大的梧桐树和杨树。老爷子兴致勃勃，说道："夏天的时候，在这树下喝喝茶或者打打牌是难得的享受啊。"董文秋连忙点头称是。夏天鸟鸣花开，如人间仙境。

第二天，董文秋嘴里的溃疡果真好了，他禁不住暗暗佩服起来。对毫不起眼的蒲公英也有了新的认识。李天威来签合同。不过当李天威提出老爷子要常住在这里时，他犹豫了。李天威说："你也知道我父亲身体不好，刚刚出院，城里空气质量差，他想来这里呼吸呼吸新鲜空气。可以另付住宿费。"尽管如此，董文秋还是思考了好久，他实在不想让别人来打搅自己。他再次把李天威上上下下打量一番，好像面前的年轻人会给他带来危险一样。思索好久，他才勉强答应。

接下来，董文秋就开始工作了，他挖地三尺，把原来的土运走，又从山上运来比较新鲜的土，土里面还拌上了李天威送来的碎豆饼。这个工作量很大。但是董文秋干得很仔细。他每天都累得像散了架。有人劝他象征性地换点土就行了，董文秋说："那可不行，咱拿了人家的钱呢。"两亩地他干了20多天。李天威把自己的老父亲送来看，老人家很满意，说这样种出来的蒲公英一定能放心喝。之后，董文秋把李天威送来的蒲公英种子撒进了地里。

当蒲公英的嫩芽冒出地面的时候，李天威的父亲就搬来住了。他精心拾掇着这二亩多地。但是毕竟年龄大了，而且身体不好，干上一会，就累得气喘吁吁。每当这个时候，董文秋就把泡好的蒲公英茶端过来，说："老爷子不要干了，说多少遍了，您只在旁边指导指导就行了。"

老爷子说:“自己干着踏实,还能锻炼身体。”这不假,从他来了之后,精神好多了,也胖了不少。虽然也有捂着肚子大汗淋漓的时候。李天威嘱咐董文秋要经常提醒老爷子吃药,但是他发现老爷子对那半袋子药是能不吃就不吃,甚至还偷偷扔了一些。他想问问老爷子到底得的啥病,但是又怕人家嫌自己多事,所以几次都把到嘴边的话咽了回去。老爷子最爱喝的就是蒲公英茶,每天早上吃过饭,就抓上一大把泡在茶壶里,边喝边添,很陶醉的样子。李天威每星期都会来一两趟,送来吃和用的东西。

这天,老爷子问董文秋:“你每月都进城一次?”董文秋一愣,有点不置可否,嗫嚅道:“去买点东西,整天待在山上,太不方便了。”老爷子说:“你如果去的话,可以让我儿子带你去,也可以让他把东西捎过来。”董文秋说不用不用,我也是去城里透透气。

老爷子就笑了,说:“城里人想来乡下透透气,乡里人又想去城里享受享受,真是很奇怪。不过,我感觉还是乡下好。”董文秋连忙点头说是这样的。接着就问老爷子以前干什么工作。老爷子说自己是企业退休的,退休后就回了老家种地。等种不动了,就被儿子接到城里。

董文秋还是每月进一次城里,都是骑着自行车去,回来时会累得气喘吁吁。

三

转眼秋天就到了,田里的蒲公英已经长得很大了,宽宽的叶子,碧绿碧绿的。有的已经开了花,黄色的花瓣欣欣然张开了笑脸,一棵一棵上面镶嵌了黄色的花,格外美丽。湛蓝的天空下,朵朵蒲公英随风自由自在地飞舞着。董文秋还是第一次见到整片地里的蒲公英,不住地对老爷子说:“这么多,肯定能卖个好价钱了。”

老爷子说现在是挖蒲公英的好时候了。董文秋说那咱可要看好了,稍不留心就被别人挖走了。谁知老爷子呵呵一笑，说："咱种了不就是让人挖的吗。"

董文秋一愣，"那您不能让他们白挖啊。"老爷子说："咱们拿出一亩地来让他们挖，不过确实不能白挖。"

过几天真的有不少人来挖蒲公英。董文秋忙过来喝止住他们，然后回头问老爷子该怎么收费。老爷子过来跟大伙说："你们挖可以，但是我有个条件。"大家问什么条件，还真要钱吗？"董文秋大声说："你们以为这蒲公英是自己长的吗？这可是我们精心种植的。"一个市民说："别啰嗦了，快说挖一斤多少钱吧。"

老爷子边喝茶边说："不要钱，你们家里不是经常喝豆浆吗，我要的就是你们喝剩下的豆渣。除此之外，希望大家自觉，每人挖的蒲公英不能超过两袋。这样可以让更多的人挖。"

这一下大家可七嘴八舌地议论开了，说："这个我们家可有，喝了豆浆后，豆渣都不知道往哪里倒。"另一个说："没问题，我一星期就能给你攒一袋子。"听了这些，老爷子大声说："那你们还愣着干啥啊，赶紧开挖吧。"大伙就蜂拥而上。这么多蒲公英，他们也是第一次见到，直呼过瘾。下午，董文秋小心地问："老爷子，想跟您商量个事。"见他有点为难，老爷子笑着说："有啥事，你说就行，不要这么吞吞吐吐的。"董文秋指着地里的蒲公英说道："我想留下一些，我老母亲在老家里，不是，是在家里，她经常上火。"老爷子说没有什么不可以的，近水楼台先得月嘛，你尽管拣那些大的挖就是了。"董文秋如获至宝，挖得格外起劲，然后又精心择好，用水清洗了好多遍，晒干，包好，然后送走了。不过这一次，他出去了两天才回来。

十多天后，一亩多地的蒲公英苗就被挖完了。而地边上也堆满了市民们从家里带来的豆渣。老爷子叮嘱董文秋，下次种地的时候就用上这些当肥料。

他们两个人又一起挖另一亩地里的蒲公英。董文秋清洗得格外仔细，不留一点泥土。晒干后老爷子打电话让儿子开车来拉。

"这些是要卖钱吗?"董文秋问。老爷子只是摆摆手,他的身体已经大不如前几天了,说话都很吃力。董文秋多次催他回城里好好检查检查。可是每次老爷子都是一笑了之。

喘了会儿,老爷子颤巍巍地说:"不是卖钱,一半送到城里的敬老院去。另一半送回老家去,给街坊邻居们喝。"

董文秋皱起了眉头,问:"白送?"老爷子点点头。

看着董文秋迷惑的神情。老爷子就颤颤巍巍地给他讲起了自己的故事。原来,老爷子退休后就回老家种菜,自恃年轻时候种过地,是种菜能手,就跟村里的其他人比赛,看谁的产量高。他大量使用化肥,还喷洒剧毒农药。这样产量是上去了,但是土地遭到污染,而卖出去的菜不知毒害了多少人。起初他没有这方面的意识,直到去年年底,他感觉不舒服,在儿子的陪同下去医院检查。结果出来后,儿子支支吾吾,他就感到事情不妙。再三追问下,儿子说出了实情,他患的是肺癌,而且是晚期。他快崩溃了,自己还不到70岁,就得了这么重的病。但很快他就坦然了。医生和儿子都建议他住院治疗。但是当他了解到要进行异常痛苦的化疗后,就决定放弃。他想尽可能舒服地走完最后一段路。除此之外,他还想为自己赎罪。思前想后,他决定拿出自己的积蓄,找个地方种植蒲公英。

"你们投资了这么多钱,连一分钱也收不回来,不亏了吗?幸亏你们家里有钱。"董文秋喝了一口茶问。在老爷子的影响下,他也爱上了蒲公英茶。

老爷子说:"我们家也不怎么富裕,就是一般的工薪阶层,但赎罪是不能用钱来衡量的。比起对大家造成的伤害,这点付出实在算不了什么。"这倒是董文秋没有想到的,他还以为老爷子家是做生意的有钱人呢。

四

这天，董文秋接到李天威的电话，说自己要出差，嘱咐他一定代为照顾好老爷子。董文秋说你就放心吧。

可是谁知道，两天后，老爷子就倒下了。董文秋赶紧给李天威打电话，可是手机却怎么也打不通。他很着急，要送老爷子去医院，老爷子却执意不肯。并手写了一份证明，说是自己不愿去住院的，跟别人无关。但是董文秋能感受到他的痛苦。老爷子真够坚强的，愣是咬紧牙关，以极大的毅力忍受着。

老爷子快不行了。他交代董文秋一件事，就是继续种蒲公英。现在城里人喜欢这个，只要少施或者不施化肥，完全可以卖个好价钱。董文秋不住地点头。心里感到很悲凉。老人又拿出三千块钱给他。他连忙推辞说："你们承包我的地，我已经赚很多了。"老人说你出来承包地也不容易，还要供孩子上大学。并嘱咐他要是不能种了，能回老家就回老家吧，说着硬塞进了他手里头。还把自己留的一包上好的蒲公英拿出来，说："再给你的老母亲寄回这些去吧。"董文秋热泪盈眶。

弥留之际，李天威赶了回来。后来，他们一起料理了老人的后事，根据老爷子的交代，一切从简。

忙完丧事之后，李天威握住董文秋的手表达谢意。董文秋说该说感谢的是你和老爷子。李天威有点疑惑地看着他。董文秋说："我想麻烦你两件事，不知道可以吗？"李天威说没有问题。

"先帮我把20万块钱按上面的地址寄过去，再送我去公安局。"说着递给李天威一个很重的包。

"大叔，您得告诉我这是怎么回事啊。"李天威问。

董文秋对李天威说："年轻人，实话说吧，我老家是邻省的，隐姓埋名来这里十二年了。”

“你真的犯案了?”李天威问。

董文秋先是一愣,然后点点头说,十二年前因为承包鱼塘的事情,跟邻居产生矛盾,我们动手打了起来,情急之下,我用刀捅了他,然后就潜逃。当时儿子才七岁,现在他已经在北京上大学了,我每个月给他打一次钱。通过老爷子种植蒲公英的事情,我深受启发,不能再这样躲下去了。我也要赎罪。这点钱是我这些年辛苦积攒下的,你帮我寄给受害人吧,算是一点补偿。

听到这里,李天威掏出手机让他看,里面竟然有他的照片。他怔怔地看着李天威,不知道什么意思。李天威说:“我父亲跟你住一起,其实他早就察觉出你的异常来了,但是他感到你心眼不错,不像坏人,所以几次嘱咐我找个时机跟你好好谈谈,一旦有事,好争取让你去自首。我偷偷拍了你的照片,准备拿着到公安局去核实或者举报,但是想想父亲的话,就一直犹豫着。”

董文秋流着眼泪,说:“老爷子是好人哪,我不想过这种痛苦的日子了。”说着就上了李天威的车。

想喝小米粥

王小富是常务副县长，平时工作很忙，而且应酬也多。当然套句流行的词，那就是喝酒、吃饭也是工作。现在进了第四季度，就更忙得不可开交了。各种评比检查，各种工程的验收，各种项目的申请……名目繁多，几乎样样离不开他。

而最让他头疼的是接待上级领导，要考虑得细上加细，不能有丝毫马虎。领导来的时候要开车去接，住的宾馆要精心考虑，吃的饭菜、喝的酒水要事先研究，哪些人陪同要好好考量，领导走的时候还要亲自送出县界……这些事情让他几近失眠。他每天都过着“暗无天日”的生活，晚上披着星星回家，早晨还要赶到酒店陪同住宿的领导吃早餐，天不亮就要出门。多数时候，是每天喝三顿酒，如果情况特殊了，那就得一天喝四场或者更多，在不同的场合上用不同的台词，这点他倒是做得很好，多年的历练，让他早已经是出口成章，口若悬河。但是肚子实在是受不了啊。

虽然山珍海味吃着，名酒喝着，可是他却丝毫没有享受的感觉，相反，倒是有种反胃的感觉。老婆不止一次地埋怨道：“你就喝吧，早晚得喝出三高来！”可是他也不想喝啊。他心里一直渴望喝点别的，这别的是什么呢？一开始他也不知道，后来静下心来，才猛然想起已经有好几个月没有喝小米粥了。还是小米粥养人啊，他多次吧嗒着嘴巴，但是都难以如愿。因为连周末他也不能闲着，要陪同远道而来的领导这里游游，那儿逛逛。

他知道要是这么折腾下去，就是铁打的身体也受不了啊。这不，头几天他就暗暗发誓，这个周末一定得好好休息，过两天真正人过的日子。正好，周末的客人级别都不算高，于是他就安排别人陪同。

还是家里的感觉好啊，这种如释重负，就像小时候脱光了身子在河里游泳一样惬意。老婆去市里陪上高中的儿子了。他更加清闲。中午他想自己熬点小米粥，可是找遍了厨房，也没有发现小米的影子。他很失望，想了想还是到外面的饭馆里去吃吧，小饭馆肯定有小米粥。

尽管戴着墨镜，但在大街上还是被人给认了出来，从车上下来一个人，张嘴就喊："王副县长，怎么还躲着我们呢。"他一看，坏了，这不是邻县的刘副县长嘛。一问才知他们是到省城办事的，经过这里，临时决定吃了饭再走。既然碰上了，躲是躲不开了。于是被拉上了越野车，车开到了一处山庄，吃了大半天的野味。酒席还没有散，他接到了县长打来的电话，县长问他在哪里，他扯了个谎。不过心里惴惴不安，不知道县长找他有什么事情，但是县长此刻打来电话肯定是急事，因为这两天休息，他是跟县长请了假的。果然，县长让他四点以前一定赶到市里，去接省里的两位领导，并承诺把人接来，吃了晚饭，周日一定放他的假。放下电话，摸了摸鼓起的小腹，他有种要骂人的欲望。晚上喝小米粥的愿望又破灭了。

接待省里的领导，酒席的档次很高，名吃、名酒应有尽有。但是王小富一点食欲都没有，只吃了点青菜，喝了点人参不老汤。但是酒却没有少喝，他可不想错过这么好的跟领导沟通感情的机会。

第二天他醒的很晚，肚子里还在翻江倒海。他暗想我就不信今天喝不上小米粥，于是就给在老家的母亲打电话，说中午要回家。母亲很高兴，忙说快回来吧，我给你做好吃的。他说您不用准备什么，只熬点小米粥就行。

他让司机带着他，一路向老家奔去，路上口渴了，没有带水。司机让他等着，自己去买水。他摆摆手说不用了，我们到路边的小饭馆里去喝碗小米粥，不光解渴，还解馋呢。二人来到小饭馆，说明情况，本以为会非常顺利，没想到老板娘说你要是定饭菜还可以，要喝小米粥没有。“你们没有小米粥？”他难以置信地瞪大眼睛。老板娘说：“不是没有，是我们没有时间做，没看见我们忙不过来吗？”他往里一看，果然见每个房间里都有人出出进进。

只好继续赶路，快到中午的时候，终于到了家，他让司机天黑之前来接他。母亲已经做好了饭，看看并无小米粥，而是水饺加玉米稀饭。他多少有点失望。母亲对他解释道：“耕地早都被占没了，哪里还能种庄稼。不过我已经给你二姨打电话了，让她送点小米来。”他连忙说没事没事，玉米稀饭也照样好喝。这顿饭他还是吃得津津有味。

到了下午，表弟终于骑着摩托车送来了小米。母亲连忙熬成了小米粥，小米粥散发出来的香气让王副县长垂涎欲滴，竟然一口气连喝了三大碗。最后他打着饱嗝说：“这下终于有力气了。”母亲连忙问他怎么了。他说没事，就是太想喝小米粥了。母亲把剩下的小米都给他带上，还嘱咐他该怎么熬。

在车上，司机对他说星期一有省领导来参加一个现场会，“您这么劳累，会受不了的，要不干脆请个假算了。”王副县长拍了拍胸脯说道：“没事，刚刚喝完小米粥，完全有力气对付一阵子那些鲍鱼、海参和猴头、燕窝什么的了。”

一视同仁

林志成是一家大型塑料制品公司的老总。他最近遇见了个麻烦事。孙子原先在一家名叫“晨光”的公办幼儿园上中班,但是,年后他在市中区买了套别墅,就离原来的幼儿园很远了,接送起来很不方便。他现在急着要给孩子找家新幼儿园。当初买别墅时候看过的两家幼儿园,一家关门,另一家师资出现了问题。

有个邻居给他建议,何不去诗音幼儿园呢？详细一问才知,这是一家民办幼儿园,条件好,档次高,是由省里的著名教育家于诗音老师创办的,很多官员和富豪都愿意把孩子往那里送。他去考察了一下,虽然离家还是不算近,但综合起来,这是最好的选择了。

林志成当即就来到诗音幼儿园,到报名处问了一下,中班还剩三个名额。他感到很庆幸,于是就交钱报名,报名处的老师很快填好单子,让他下午带孩子去找班主任报到,他接过单子一看,马上就不乐意了,因为单子上写着是上B班,而他邻居说A班是最好的。而且邻居家的小孩就在这个班里。于是就要求换到A班,报名处的老师说:“这是不可能的,按照我们的规定,您的孩子只能上B班……”还没等人家说完,他就急了,说我也不跟你理论了,我找你们园长去。

林志成找到了于园长,先恭恭敬敬地递上自己的名片。于园长看了名片，又打量了他一下，有点惊奇地问："您就是塑料制品大王林志成？也生产玩具？"林志成自豪地点点头说是的，我们生产各种玩具，其他国家有的我们有，其他国家没有的我们也有，产品远销到几十个国家。于园长只是点点头，然后问他有什么事情。

林志成说明了来意。并补充道："只要能上A班，我们甚至可以多交钱，要多少您出个数就行。"于园长看了看他说道："对不起，我们不能开这个口子，根据您孙子的情况，他只能上B班。"正说着呢，一位家长领着个小孩进来了。于林志成皱起了眉头，原来这个家长土里土气的，一看就知道是农村来的，小孩跟自己的孙子差不多大，虽然穿着新衣服，但是很不协调。园长向林志成道歉，让他稍等一会。然后就跟这位家长聊天，问了很多关于这个孩子的情况，又提问了孩子几个问题，最后拿起电话，告诉报名处的老师，让这孩子去A班。

林志成傻眼了，连这样的孩子都能上A班，自己的孙子却进不去，简直是奇耻大辱啊。等他们出去后，他不解地问园长："你们这里也招农村孩子？"于园长解释道："我们每个班都免费招收两名留守儿童。"林志成对此表示不可思议。"你们这么出名的幼儿园，招收农村留守孩子，简直是在毁坏自己的名声，砸自己的牌子！"于园长笑着说："我们招收这些孩子，不否认起初有扩大知名度和炒作的目的，但如今是在承担一种社会责任。"林志成没有再说什么，心里多少有点佩服。

不过佩服归佩服，说破了嘴皮子，园长也没有同意他的要求，只是让他按照报名处工作人员的要求办。"原因他们应该已经跟您讲了，我就不多说了，您请回吧。"

无奈他只好怏怏而归。但是他也不甘心，就让孙子先在家里等着，发誓一定把这件事情办成。有困难找政府啊，于是一个电话打给一个经常联系的官员，这个官员又一个电话打到主管单位。果真，两天后就传来消息，说于园长让林志成过去一趟。他不禁暗喜,还是权力好用啊。于是就马不停蹄地赶到幼儿园。

于园长说让你孙子进A班也行,但是我们有一个要求。林志成迫不及待地说一千个要求也行。于园长说那可不敢,这一个要求您能办好我们就感激不尽了,“不瞒您说,今年我们需要一批玩具,想从您那里批发一些,不知道可以吗?”林志成一听,拍着胸脯说没问题,我马上办。

林志成效率果然高,仅两天工夫,一批漂亮的玩具就送进了诗音幼儿园。然后他就在家里等着园长的电话。但是等了三天,也没有接到电话,他急了,莫不是他们给忘了?于是就打电话给于园长,问什么时候把孙子送过去啊。于园长想了想回答道:“这样吧,孩子上学是不能耽误的,您明天可以带孩子来上。但是……”但是什么?园长话里有话啊,他忙问怎么了。于园长说:“这几天我们一直在整理玩具,发现您给我们提供的玩具根本不合格。”

“你说什么?”林志成以为是自己的耳朵出毛病了。于园长又重复了一遍。“这绝对不可能!这批玩具是我们精心挑选的,都是按照国际标准生产的。你们是国际化的幼儿园,可不能随意给我们栽赃啊。”于园长说我没有骗你,不信的话,您可以过来看看。事关公司的信誉问题,他不敢怠慢,带上分管质量的副总就过去了。

来到幼儿园,于园长已经摆了一桌子的玩具。一进屋就闻到一股令人不舒服的味道。“你们自己看看吧。”于园长说着把玩具往他们面前一推。

林志成让副总过去查看一下。这名副总没有检测质量,而是忙着看包装,看商标和批号。然后过来跟林志成耳语了一番。林志成站起来对于园长说:“对不起,园长,我不明白您的用意何在,据我所知,这里面不全是我们卖给你们的产品。我们拉来的那批玩具都是从出口欧美国家的产品里临时挪出来的,不可能有任何问题。”说着就递上厚厚一叠各部门出具的检验报告。于园长也站起来,“我的问题是桌子上这些都是你们的产品吗?”林志成的脑门子上已经渗出了汗水。说是的,都是我们的产品,只不过……

“只不过这些都是往国内销的货对吧?”于园长说,这样的产品,仓库里还堆了好多呢,都是去年买的,去找商家退货,他们说只能换货,可是换回来的仍然是这样。“我就不明白了,同样都是消费者,为何你们的标准不一样呢?国内的孩子就该受到毒害吗?”

林志成说:“园长,这也好理解啊,价格不一样嘛,出口到国外的价高,利润高,当然档次就高啊。再说,往国外出口,方方面面的要求很高,否则根本出不去,这可做不得半点虚假。”

于园长接过话说:“这我能明白,但是在国内销售的价格低,也不能用这种劣质的东西啊。”林志成狡辩道:“这些也,也是合格产品,都有合格证呢。”其实说这话,连他自己都心虚,合格证是自己贴上去的,平时想着法子糊弄监管部门。碰到上面检查得严格了,就拿出钱来贿赂几个官员,蒙混过关的手段被他运用得炉火纯青。

正在这时,一名工作人员进来跟于园长说:“统计清楚了,去年我们送给晨光等三家幼儿园的玩具是十箱。”

“怎么,你们还给晨光送玩具啊?”林志成大声问。于园长说是啊,这三家幼儿园是跟我们结对子的,平时经常帮助他们。不过,我们发现问题后及时收回了,幸好没有造成不良影响。林志成冷汗已经遍布全身,自己的孙子可是在晨光幼儿园整整上了两年啊。

于园长说你都不知道,现在全国还有多少个幼儿园和家庭在用你们这种产品,可想而知会坑害多少孩子。你现在生产玩具,你儿子也可能生产玩具,但是你的孙子不一定以后也生产玩具,这样就不敢保证他的后代不会被这种东西所毒害,所以给下一代做个表率,做良心产品是非常重要的。外国的孩子幸福地享受着我们高质量的玩具,我们多少孩子在盼望着也能用上这样的玩具啊。

林志成当即表示把这些产品退货，然后拉回去销毁。于园长说："其实，我们设A班和B班并没有特别的含义，就是B班的孩子比A班的孩子小半岁而已，我们不像你，有两样标准，我们对谁都一视同仁。"

林志成说："我早看出来了，上次您跟那个留守孩子谈话时所带出来的慈爱和关怀，让我一辈子也忘不了。您是真心爱孩子。您放心，从今往后，我也会真心爱孩子的。"

出了幼儿园的大门，副总问他把这些产品拉回去后再送到哪里去，因为以前都是这么干的。这次林志成连想都没想就说："全部销毁，一定得销毁！"顿了顿，他又说："以前干得多了，也就麻木了，今天想想，咱这干的真不是人事啊！"

副总说："您也不用那么内疚，想开就是了，即使咱的玩具合格了，能保证别人的衣服合格吗？食品合格吗？防不胜防啊……把最好的产品用于出口，大把挣钱，这是各行业的一个潜规则了，管他呢，挣够了钱，我们移民去。"

林志成一怔："移民？就我们这素质的，良心坏了，移走的也只能是一具躯壳，到哪里都不会安生！"

良心西瓜

张文东原来一直在城里打工，风里来雨里去也挣不了多少钱，看乡亲们种西瓜挺挣钱，于是就试着种了三亩地的西瓜。他们起早贪黑，西瓜取得了大丰收。这天一早，他们开着一辆三轮车，拉着4000多斤西瓜，到一百里之外的市里去卖，因为路途遥远，张文东和老婆王晓琳轮流开车。到了市里，眼看就要进市场了，可是没想到刚转过一个路口，拖拉机撞上了停在路边的一辆私家车。

车主是个胖子，他很着急地说，他的车只交了强险，没有全险，如果去4S店维修，估计需要2000元。听他这么一说，张文东夫妇急得出了一身汗，西瓜一个没卖，身上也只有200多元零钱。

看到车主要2000元修车费，很多围观者开始为瓜农说情："人家一个卖西瓜的，从农村老家开到市里这么远，你就不能少要一点儿?再说了，这里没有停车位，你也属于违法停车。"

车主想了想说："我也不是讹诈你们，要是不相信，可以跟我到附近的汽车维修店去问一下。"有个市民自告奋勇地提出愿意陪同前往。来到维修店说明情况，老板跟着到现场看了一下，说维修的话，怎么也得1500多元。车主说，这钱必须张文东出。这时，一名女子掏出200元塞给了王晓琳，但是仍是杯水车薪。张文东无奈，只得去找同乡瓜农借钱。

张文东走后，王晓琳可犯了难，看着满满一车西瓜，急得直想哭。“他们来城里卖瓜，身上不会带太多钱，估计一时凑不齐。要不我们一起买瓜吧!”附近一个商户的女老板提议，围观的路人纷纷点头。不等王晓琳自己动手，一名年轻人便爬上瓜车开始卸瓜。几名热心人从车上抬下磅秤，放平、校好，然后问王晓琳一斤多少钱。“这几天凉快，西瓜降价了，7毛钱一斤。”她说。

“我看1块钱一斤算了，好算账!”几名热心人自作主张，故意将价格抬高，然后将一袋西瓜放在磅秤上称了称，40多斤。王先生爽快掏出50元钱交给王晓琳，说不用找了。过路的一名老太太买了60多斤，还有一个小青年买了200多斤……一会儿，王晓琳手中就多了几张百元大钞。如此“反常”的一幕，感动了现场每个人。有人用手机拍照，发到微博上:“清晨的城市，空气里散发着西瓜的甜蜜!”

事故现场变成义买现场，小汽车车主也很受感动。经协商，他答应只收取1000元的维修费。此时，王晓琳已经卖掉1000多斤西瓜，正好可以凑够维修费，就在这时，附近一个名叫“兄弟缘”的超市来人说，剩余的西瓜他们全要了，围观的人们纷纷鼓掌。王晓琳对大家谢了又谢。

等众人散去，王晓琳突然想起了什么，连忙来到一个公共电话亭，拨通了丈夫的电话，可是挂在三轮车上的包里却响起了铃声，这才意识到张文东没有把手机带在身上。犹豫了一阵，她对旁边一个小店里的店主说:“要是我老公回来，就说我先回去了。”还没等店主答应，她就发动起了三轮车开走了，店主在后面焦急地大声喊:“你们家那么远，你老公怎么回去啊?”可是王晓琳已经走远了。

王晓琳开着三轮车很快来到城乡结合部，费了很大劲儿才找到一个十分偏僻的地方。然后把车停下来，又从包里掏出一张从家里带来的大饼，就着咸菜吃了起来，边吃边不住地往四下张望。就这样等了好久,她感觉累了,就迷迷糊糊地睡了一会儿。醒来时,发现旁边仍然静悄悄的,她想看看老公是否来过电话了,却发现手机没电了。这可怎么办,老公根本不知道她在什么地方。眼见天色已晚,她心一下子提到了嗓子眼。

又过了一个多小时,一辆拖拉机"突突"地驶了过来,从拖拉机上跳下来一个男子,王晓琳一看,这不是老公张文东吗。张文东跟驾驶员说了几句客气话,拖拉机就开走了。"我就知道你一定在这里。"张文东边说边从老婆手里接过大饼,狼吐虎咽地吃了起来。

"还说呢,你怎么借钱借了那么久啊?"王晓琳有点生气地问。张文东解释道:"我找了好几个老乡,可是大家带的钱都不多,我就只好帮着他们卖瓜,这样好歹凑了一千多元,然后回到咱们撞车的地方,却找不到你,有人告诉了我刚才发生的事情,我很感动,老婆,看来这个社会还是好人多啊。我就琢磨着你不等我,肯定是来这个地方了。"

王晓琳眼睛里挂着眼泪说是啊,要不是大家帮助,今天这事还真不好办了,一车瓜多卖了不少钱呢。

张文东点了点头,着急地问:"下一步咱们该怎么办啊,总不能这样傻等着吧。你能确定就是这个地方吗?"

王晓琳十分肯定地说:"就是这个地方,我已经观察好多遍了。要不你再往远处找找看,我认为人家肯定还会来找的,只要咱们有耐心。"张文东点点头,就往旁边走去,过了好大一会儿,他手里拿着一张"寻找目击证人的启事"回来了。

王晓琳看了看,拿着没电了的手机犯起了愁。天已经黑了下来,周围连个过路人都没有。"看来咱们只有往市里去了,你想想当时那人伤得那么重,肯定被送大医院了。"

王晓琳想想也是,于是张文东就发动起三轮车,再次往市区的方向赶。

重新来到市区，张文东迫不及待地找了个电话，按照那张纸上的留下的号码打了过去。

电话接通了，张文东有点语无伦次地大声说："车祸，车祸，我知道……"里面的人一听很兴奋，连忙问你是目击者吗？张文东说不，不，我是肇事者。里面的人沉默了一小会儿，说："你别开玩笑了，有线索的话，请你一定告诉我，我们一家人都快急坏了，我妈到现在都还昏迷着呢。"

一听这个，张文东不再说话了。倒是王晓琳一把抓过电话，说道："这事真是我们干的，你们在什么医院啊，我们马上过去，或者你来抓我们，我们现在就在百货大楼旁边呢。"

不到一刻钟，就来了两个小伙子，看着坐在三轮车上发愁的张文东和王晓琳，问："刚才的电话是你们打的？"两口子赶紧从车上跳下来，张文东点了点头，嗫嚅道："今天早晨我们开得太快了，一不小心就……"王晓琳说："老人怎么样了，该赔多少钱，我们一定赔，绝不赖账。"

一个小伙子说道："这不是赔多少钱的事，你们真不该逃走，要是早一点把老人送到医院，老人也不至于受那么大罪。"王晓琳一个劲地赔不是，说都怪他们太糊涂，光想着省钱了，让他们多多原谅，并提出来现在就去看看老人家。

在医院里，老人已经醒来。张文东说了事情的经过，当时是他开的三轮车，因为超载，路又不熟，所以不小心撞倒了老人，他很害怕，看四下无人，就加大油门开走了。到了市里后，他还是十分紧张，不小心又撞了一辆私家车。"那你们为何又主动来联系我们呢？是怕警察找到你们吧？"老人的家属问。

王晓琳就把得到众人帮助的事情讲了一遍。"好人那么多，我们也不能违背了自己的良心，所以一定要为这件事负责到底，我们刚才已经往家里打了电话，让家人赶紧筹钱。"

现在已经深夜了,见他们那么真诚,老人的家属就让他们留下联系方式后回家,但是他们却执意等明天家人送钱来。他们来到医院门口的三轮车上,尽管又饿又累,但是他们心里却是十分踏实的。

难治的病

永北市是一个县级市,近年来发展很快。公路宽阔,路边花红柳绿。市区工厂林立,高楼鳞次栉比。商业也呈高速发展态势,成为本省的小商品集散中心。

乔大梁是经济方面的领军人物,涉足的领域很广,既有加工行业,也有房地产行业,还经营着几家高科技公司和几座酒店,个人资产达到十亿多元。他是市商业协会的会长,在政府部门也有兼职,可以说只要他跺一跺脚,大地都要抖三抖。

先富起来的乔大梁颇具善良之心,经常给贫困户捐款或者赠物。这不,年后市长连续几次找他,就建一所学校或一座医院综合大楼的事情跟他进行协商。市长说:"老乔啊,看来你得好好表现一下了,这两样中,你选取一项,进行捐助。我们会尊重你的意见。"乔大梁马上说:"我看还是建医院大楼吧。"他这么一说,市长马上就笑了,说道:"你跟我的想法一致。不瞒你说,市里也是在这两项选择中摇摆不定,要是建学校的话,肯定没有建医院大楼那样影响大,我们设计的医院综合大楼,有20多层,建成后,会成为我们市里的标志性建筑。不过你放心,我们不会让你一个人出钱,市里会拿出一部分,再找其他企业家出一部分。不过最后我们会以你的名字来对大楼进行命名的。"乔大梁咬了咬牙,说:"这座大楼的主体工程我一个人出资建设,至于里面的设施就由市里安排资金购置吧。”市长高兴得很快就跟他签了意向书。

其实,乔大梁捐建医院综合大楼的想法从年前就有了。这缘于他年前的一次生病,一向身体素质不错的他接连咳嗽了好几周,起初以为只是普通的感冒,所以也没有当回事。后来越来愈厉害了,才在药店里拿了些药,但是吃了几天也没有什么效果,咳嗽得天都快塌下来了。没有办法,只好去市人民医院住院。可是来到后才发现不好找病床,本来三张病床的房间,加了一张,仍然不够用,倒是把病房里弄得拥挤不堪,连落脚的地方都没有。走廊里也塞得满满的,人声鼎沸,熙熙攘攘。这样的环境根本就不利于治病养病。乔大梁的家人想让他去省城里治,他嫌不方便,就只好硬着头皮在这里住下了。于是他白天在医院的走廊里输液,晚上回家。这样的经历,让他对诸多病人有了很大的同情心,也为医院硬件方面存在的不足深感痛心。所以这次,他几乎没加考虑就选择了为市人民医院建一座综合大楼。

有关部门以最快的速度制作出了医院综合大楼的效果展示图,并在报纸上对乔大梁的事迹做了报道。

可是不知为何,自从这件事出了以后,乔大梁就接连遇到了些麻烦。先是已经治好了的肺病复发,不得已又在医院打了半个月的点滴。后来又莫名其妙地闹肚子。难道自己的身体到了多事之秋?可是他才刚刚50岁啊。他为此懊恼不已。这天,他叫家里的小保姆王宇凡过来,马上一个干净利落的小姑娘应声到了跟前,问:“舅舅,您有何吩咐?”

说起这个王宇凡,她是一名去年刚毕业的大学生,是乔大梁表姐家的孩子。去年见孩子四处找工作很辛苦,就说:“要不你到我这里来吧。”本来他可以在公司里给这个外甥女安排个不错的职务,可是老婆见这个孩子机灵又能干,就把她要到家里来,帮助打理家务。当然给的工资非常高,算是帮帮这个穷亲戚。

乔大梁问:“最近咱家的饭菜都是怎么做的?”

“您是问这个啊。”王宇凡轻松地说道,“蔬菜都是从咱们的‘渊明园’里运来的。”前年,乔大梁在郊区买了一块地,雇人种植庄稼和蔬菜,并养了一些鸡鸭猪,供自家人食用。这里风景宜人,鸟鸣水溅。园里还有一条人工河,养着鱼虾。闲暇时间,他可以跟亲朋好友来这里享受垂钓的乐趣。他把这个基地命名为“渊明园”。跟城里相比,这里是另一番景象。鸟语花香,流水潺潺,一派迷人的田园风光。四季瓜果不断,各种蔬菜应有尽有。更重要的是,这些蔬菜绝对不喷农药,不施化肥,也没有什么激素,转基因的东西更是不见踪影。他让专家制定了操作规程,让工人们严格按照规程进行生产。这里的产品都是家里人吃,有时也会作为特殊礼物送给亲朋好友。按说吃这里产出的东西,绝不会生病的。

“尽管这样,”王宇凡继续说道,“舅舅,那天我跟你去医院的时候,医生都说你的病很可能与吃的东西有关系,你是不是在外面应酬时,吃了什么不洁的食物啊?”

乔大梁想了想,这段时间也没有在外面乱吃东西。几次应酬也是在高档饭店里吃的,应该不会出什么问题吧。想到这里,他对王宇凡说走,咱到“渊明园”去看看。

他们驱车来到“渊明园”。乔大梁调过来视频记录,查看工人们的生产过程,没有发现什么问题。他的眉头皱成了一个疙瘩。

王宇凡说:“舅舅,我想起来了,由于给家里做饭的王大妈回老家了,所以这段时间的早饭我都是在外边买的。”

乔大梁一愣,马上问道:“你怎么不早说呢。在哪里买的啊?带我去看看。”

王宇凡说是在咱们小区周围的市场上买的,那里吃饭的人可多了。说着话,他们上了车,不一会儿就来到了市场,早饭的时间虽然已经过去,但这里仍然人流如织，吵吵嚷嚷，各种小吃应有尽有，不过环境却让乔大梁很是揪心。有的地方脚下就是泥泞的路面，有的地方灰尘飞扬，还有的地方苍蝇一大堆。“这种饭也能吃？”乔大梁不满地问。

王宇凡说道：“老百姓都在这里吃。不过要是长此下去，不吃出毛病来才叫奇迹呢。你看那里。”说着她用手一指，乔大梁顺着她的手看去，只见一个做饭的女子正往凉菜里面加什么东西，他走近几步，女子赶紧把手中的袋子往后放，不过他还是看见上面写着某某颜料。他震惊了，饭菜里能加这种东西吗？怎么没人管啊？王宇凡劝解道：“舅舅，您就别生气了，不光这个市场，其他市场都是这样，卫生不达标，乱放食品添加剂，食材过期或者劣质，有的连工业原料都用上了。”

回到家里，乔大梁一直闷闷不乐，也许是心理作用，一点胃口都没有，浑身也没有力气。躺在沙发上，想起年前在呼吸内科住院的时候，经常看见有患者最后被诊断出癌症来。那绝望的眼神，那痛苦的喊叫，让他至今都无法忘记。几个患者去世时家人嚎啕大哭的情景更是让他难过。而从第一次住院到第二次住院，他通过手里头的住院号，算出光这家医院，平均每天增加的住院人数就达到百人以上。

第二天，王宇凡拿着一本杂志，高兴地对他说：“舅舅，你看我的论文发表了。”乔大梁接过来一看，题目是《论医院规模与环境恶化的关系》。乔大梁嘴里嘟囔着：“怎么这么个题目啊。”不过他还是饶有兴趣地读完了这篇文章。文章里面讲了一个地区，如果环境恶化，食品市场疏于管理，就一定会导致更多的人得病住院，这个地区就会陷入医疗资源严重不足的境地，建再多的医院也无济于事。

看完后，乔大梁笑了，“没想到你这个小丫头还这么有心计，你这篇文章写得不错，说到点子上了。我知道你在备战，要考公务员。你要是成了公务员，一定会很有责任心的。”

“谢谢舅舅的夸奖,那你还建医院不?”王宇凡问道。

乔大梁站起来,沉思了一下,说:“医院要建,市场也要管。双管齐下,百姓才有好日子过。”

下午,乔大梁找到市领导,要求修改合作意向书。他向市领导坦承了自己的想法,就是自己独立出资建设医院综合大楼并承担里面的全部设施费用,但前提条件是市里必须下大决心整治市场,并端出了自己的全盘计划,那就是要提高食品加工行业的进入门槛,对从业人员进行岗位培训,让相关部门加大管理力度,另外要加大对污染河流的治理。尽管实施起来有困难,但是再困难,也要下决心做。

领导看了王宇凡那篇文章,也陷入了深思之中。最后他们达成共识,那就是今后要多注重城市发展的质量。毕竟,表面的光鲜,并不代表一切。

听到这个后,王宇凡感到很欣慰。几年前,爸爸妈妈相继死于癌症,周围也有不少熟悉的人,早早地得病去世,让她非常震撼。这些病都与这些年空气以及河流的污染有着极大的关系。来到舅舅家的这一年,她在市场上目睹了一些小吃点污浊不堪的景象,给了她很深的触动。正好传出舅舅要出资建设一座医院大楼,她就在这方面做了些文章,对舅舅进行劝解。

过了些时候,乔大梁把他建“渊明园”的事情对外做了宣传,并承诺在“渊明园”生产的无公害产品优先供应到托儿所和敬老院。他投资建立了好几个规范的小吃市场。他还关掉了自己的几家污染较为严重的工厂,又投巨资对另外几家企业进行了升级改造,消除了污染源。他也因此受到了市民和政府的好评,各种荣誉纷至沓来。他感觉这是近年来做得最有意义的一件事情,也明显感觉到自己的身体好多了。

让你住我的房

周末，李文建小两口正在午休。外面响起了钥匙开锁的声音，把他们一下搅醒了。他们侧耳倾听，确定这是在开自家的锁。谁这么大胆啊！小两口先是惊讶，继而就是愤怒，李文建赶紧起床，从猫眼里往外一看，一个男子正在忙活着开自家的锁呢。

李文建使劲把门一拉，男子就应声而入，差点栽倒在地上。那人也是吃惊地看着李文建，结结巴巴地问："你，你是谁？"李文建余怒未消，"我还想问问你是谁呢，干吗来我家？"男子一听，眼睛瞪得大大的，"什么，你在开玩笑吧。这是你的家？那我的家上哪里去了？"

他这么一说，李文建更是火冒三丈，拳头就要上去了，但他还是冷静了一下，掏出手机要打110报警。没想到中年男子一下抓住他的手，哀求道："小伙子，你先别报警，有什么事情咱好商量，我就回来拿点东西。"他这么一说，李文建更加觉得不对。"你到我家里来拿东西，那不是抢劫吗？"两个人正说着，李文建的舅舅来了。原来，趁男子不备，李文建的新婚妻子悄悄拨通了他舅舅的手机，她听说这个房子就是舅舅当初给买下的。

李文建的舅舅张大强一进门，二话没说就把中年男子给抓住了。"好你个王殿伟，终于逮着你了，快还我的钱！"

被称作王殿伟的男子这下傻眼了，一个劲地赔不是，"张哥，你，你再宽限我一段时间……”可是张大强抓得他紧紧的,不依不饶,几次挥起拳头打了他。王殿伟不想还击,也无力还击。“跟我说实话,你现在到底欠了多少钱?”王殿伟哭丧着脸说:“张哥,我就跟你说了吧,那个厂子没有建起来,是因为我把收的集资款都放贷了,本想多挣点钱,让大家都跟着我沾沾光,可是没想到,放出去的贷收不回来了,人都他妈的跑了,我也被坑了,我现在欠,欠两千来万……”

“你这个王八蛋!”没等王殿伟说完,张大强的拳头就雨点一样落在了他身上。“当初你口口声声说要建一个高科技工厂,给我们分红,没想到最后被你坑了,你知道我那70万是跟亲戚朋友借的,我现在都没有脸见他们,你这个王八蛋……”

从他们的谈话中,李文建两口子总算明白了事情的真相。原来王殿伟无力还款想逃跑的时候,张大强就找开锁公司把他家的房子给打开,然后换了锁芯,里面的家具设施一应俱全,他本想把房子卖掉,可是房产证都被王殿伟的老婆带跑了,租出去又怕惹出事端,就只好先让自己的外甥住着。

外甥李文建谈了个对象,因为没有房子,就一直拖着没有结婚,现在他对女友说自己有房子了,女友领着一家人来看了一下,不仅装修得豪华漂亮,连家具都是新款时尚的,高兴得当场就表示马上结婚。

张大强说:“知道吗,就是因为咱俩是朋友我信任了你,可是你把我给推到悬崖边上了,你知道你害了多少人吗!”王殿伟抱着头一言不发,眼泪一个劲地往下掉,过了一会儿才说:“张哥,眼下我也正在找贷款的下家,你放心,一旦弄到钱,我第一个还你,我今天来,想找一下我的身份证。”说着就从抽屉里扒拉,最后竟在橱子下面找到了。

张大强虽然心有不甘,但也非常无奈,只好由着他走了。临出门,王殿伟说道:“张哥,房子你先住着吧,等我弄到钱再说。”张大强心里非常窝囊,他虽然有了这套房子,如果按照市场价,能值40多万。可是房子不能变成现钱，就无法还债。老婆还不知道这件事，要是万一知道了，还不知道后果会怎样呢。

他多了个心眼，偷偷跟着王殿伟，发现他竟然住进了县城的一家大酒店里。没钱了，怎么还会住酒店？想到这里，他赶紧打电话给县医院的外科主任王晓闵，他们是朋友，当初就是自己把他介绍给王殿伟认识的。王晓闵在王殿伟的公司里投了上百万。

王晓闵正在准备一台手术，接到电话，他把做手术的任务交给助手，急急忙忙赶到了这里。他做梦都想抓住这个王殿伟，是他让自己血本无归，眼看就要过年了，如果不能还上欠朋友的钱和银行的贷款，他就要亡命天涯了。

跟张大强汇合后，他们互相交流了信息。王晓闵先是羡慕地说："你好歹还得了套房子，我什么都没弄到，算是赔掉牙了。"张大强安慰了他几句，说这次抓住他，就把他扣作人质，让他老婆拿钱来交换。王晓闵咬牙切齿地说："抓住这个龟孙子，我非扒了他的皮不可！"于是他一个电话又把在县一中的教务主任李玉林叫来。李玉林一听找到王殿伟了，一蹦三尺高，把安排期末考试的任务交给别人，就匆匆赶了过来。几个人商量了一下，决定先不动手，而是采取盯守的方式，看看王殿伟都跟什么人在联系。不过一旦实施起来，他们才知道这件事情不大好办，不光白天盯，晚上也得盯，想想自己在外面挨冻受累，而王殿伟在酒店里享受着美味佳肴和暖气空调，他们气就不打一处来，都发誓见面就把这厮撕成碎片。由于人手不够，他们就把同是受害者的其他同事或者朋友叫来，排好了值日表，轮流蹲守。

在这些人中，张大强竟然看见了儿子的班主任刘老师。打过招呼后，他关切地问："你们的课怎么办啊？"刘老师一脸的愁苦，说道："我们的钱都是从银行里贷的，现在过了还款期，工资账户都被封了，只能领取几百元的生活费，老婆闹，孩子叫，都快崩溃了。所以，课先让其他老师上着，我们得先把钱要回来,否则连基本的生活都难以为继了。”张大强一听难受得要命,儿子今年就要高考了。他的第一个念头就是给儿子转学,可是往四下看看,其他学校的老师来的也不少。

蹲守了几天,也没见王殿伟出来过。这些人沉不住气了,于是就让一个人扮成服务生,敲开了王殿伟的门。他们蜂拥而入,将王殿伟逮个正着。一看大兵压境,王殿伟吓得赶紧抱住头,只有哀求的份了。王晓闵气愤地说:“你真英雄,为了抓到你,都快轰动半个县城了,要是大家都来了,非把你剁成肉酱不可。现在咱闲话少扯,你口口声声说自己没钱,那还在这里逍遥自在。赶紧拿钱!”“对,赶紧拿钱,不交出钱来,今天你是插翅难逃。”众人你一言我一语,有的还准备上去揍他。王殿伟躲闪着,说道:“大哥大哥,我现在是真的没钱,之所以能在这里面住着,是因为卷走我钱的是酒店老板的哥哥。”

好啊,这下可找到债主了。大家就一窝蜂地来到服务台,要求见老板。服务台说老板不在。大家都急红眼了,不知谁喊了一声,“拿东西!”于是场面开始乱起来,服务员只好打报警电话。

不一会儿警察来到了,把大家控制住。王殿伟趁这个机会想溜,也被警察给抓住了。来到县公安局,弄清了真相,鉴于没有造成大的破坏,众人被教育了一番就回去了,只把王殿伟给关了起来。

这样一关就是好几天。有不少人来打探情况。公安局说正在调查之中。

这天晚上,县公安局长的太太问:“你准备怎样处置这个王殿伟啊?”局长生气地说:“怎么处置,他的事情严重着呢,坑了这么多人!”太太说:“他也是受害者啊,不过他对咱们还算是守信用。”

局长盯着老婆问:“你什么意思?”老婆说:“你还不知道吧,当初他的公司好的时候,多少人都在那里存钱啊,这里头包括好多领导的家属,实话说我也存了些，不过他还算会来事，临近倒闭的时候，他把我们这些人的钱都连本带息还上了。”

局长感到自己背上冷飕飕的，问老婆该怎么办。老婆说：“这不是明摆着吗，要是这样关着，早晚得弄出事来，还不如把他放了。”局长若有所思。

第二天，王殿伟被打开了手铐，当得知要让他走时，他竟然扑通一声跪在地上，大声说：“要过年了，你们这不是把我往死路上逼吗？求求你们，让我在里头过个安稳年吧。”

局长一听，就答应了，指示过了年立马把他放走。

大年初四，一条消息在县城里不胫而走：王码公司的老板从拘留所逃走，下落不明。

县城又恢复了往日的宁静。只不过，这些都是表面上的，暗中却发生了不少事故。比如，张大强跟老婆吵得不可开交，儿子的学习也是每况愈下。外甥李文建的新婚妻子感觉受了欺骗，一气之下跑回了娘家。王晓闵因为把本应亲自做的手术交给助手，导致了一场医疗事故，被免去外科主任职务……这一段时间，县城的离婚率呈大幅上升趋势，全县的教育质量也后退不少，自杀事件比往年多了很多。

第三辑

诡计多端

第三辑

诡 计 多 端

一

这是初春的季节，虽然风中还带着些许凉意，但已经能看见杨柳吐绿，草儿发芽。这样的季节，这样的风景，让人的心情也舒畅。

七省都巡按周吉明就是这样一路欣赏着风景进入泰城境内的。对于泰城，他不感到陌生。这里是从老家到京城的必经之地。他曾经从这里经过两次，都是为了进京赶考。第一次，到了中途，因为生病，没有能够及时赶到京城，只得抱恨返回，重新准备。第二次，也就是两年前。

此刻，在轿子里，看见繁华喧闹的泰城，他思绪万千，禁不住又回想起两年前，当他再次辞别家中父老，踏上赶考之路时，途中，他结识了几名同是赶考的秀才，本以为是志同道合者，所以就一路谈笑，结伴而行。可是，走了50里后，几个秀才中不知谁先挑头说要不咱互相看看相貌，依相貌就能看出今年谁中谁不中。于是大家就笑呵呵地互相打量起来。最后，那几个人都说谁考上不好说，但是谁考不上现在就能知道。正当周吉明疑惑时，他们竟然都指着他的鼻子说："你天生就是种地的相，一看就知道没有做官的命。"说着就甩开他走了。他好生气闷，踌躇满志去赶考，没想到路上碰上这么不吉利的事情，心情很是郁闷。这样不知不觉进了泰城，知道这里风景优美，有山有水,商贾云集,就找了个客栈住下,打算休养几天再走。

这天大早,他在泰肥客栈吃过饭出来,就看见一个年轻人被后面一群人紧紧追赶,这些人手里拿着木棒和菜刀,凶神恶煞。如果前面的人被追上,必死无疑。怎么办?周吉明正犹豫间,年轻人突然被地上的一块大石头绊倒。周吉明张开双臂,朝后面的人大声喝道:“你们有话好好说,打人可要犯法的……”这些人没想到半路杀出个程咬金,一下都愣了。年轻人则乘机爬起来逃脱了。他们就把气撒在周吉明身上,对他一阵暴打。等他们离开的时候,周吉明身上留下了好几道红血印。来了个过路的人,把他扶起来,劝道:“你不该管这闲事,这些人都是些地痞流氓。包括前面那个严多……”

他走没多远,一个人从斜处奔过来,扑通一声跪在他面前,大声喊道:“谢谢大哥救命之恩。”周吉明这才看见,就是刚才那个叫严多的年轻人。他手上胳膊上流着鲜血。周吉明本想不再管这事,但严多却一把拉住他说道:“大哥,你好心救了我,我一定要感谢你,走,跟我到饭馆去。”周吉明说自己刚吃过饭,但看见这人满脸的真诚,又看看他满身的血,不禁动了恻隐之心。于是说:“我还是领你去看看伤吧。”说着就一路搀扶着他来到一个药堂。郎中打开他的手一看,大吃一惊,原来他的左手中指头被戗掉了。郎中赶紧给他涂了药。严多却好像对这个断指满不在乎,还跟周吉明谈笑风生。周吉明想这人可真够皮实的。

中午,严多非要请周吉明吃饭,周吉明推脱不过,就跟他来到饭馆。严多照样喝酒,周吉明劝他有伤不可饮酒,他却说:“我喝这酒,是要祝贺你。”“祝贺我什么?”周吉明疑惑地问。“祝贺你今年能考中状元啊!”这话周吉明爱听,于是就跟严多你一杯我一杯地喝起来。

然后,二人醉醺醺地走出饭馆。他们来到一条小街上,看来来往往的行人。忽然,严多指着对面,对周吉明说:“周大哥,你看看那个女子多漂亮啊。”周吉明顺着他的手指看去,果然看见一个女子正在一旁的店铺跟前挑选东西,胳膊上挎着菜篮子。这个女子妩媚动人,服饰艳丽,言谈举止,勾人心魄。严多说:“大哥,你是读书人,作首诗来勾勾这个女子。”周吉明本不想多事,但是经不起严多的请求,再加上刚刚喝了些酒,不会推托。此时他见正有一个调皮的小孩在后面偷她的菜,于是就信口作了一首诗:“多情女子多情河,常来常往菜满篮,小孩偷来菜不多,抓住双手笑呵呵。”没想到,严多却把诗给改了一下,就成了一首骂人的了:多情女子多情客,常来常往爱满榻,秀才偷来妇人阁,双双携手云中乐。他这么大声一说,女子就回骂道:“秀才流氓一起过,惹得百姓满身祸……”然后就端起菜盆气愤地走了。

醒了酒后,周吉明对自己的行为懊悔不已。这时已是晚上。严多也跟着他来到客栈住下。吃饭时,严多多给了店小二些钱,要店小二说说今天那个女子的情况。店小二说:“我也不知道她的名字,只知道是上个月从城西刚跟王元伟私奔到这里的,据说是个大户人家的女儿。虽说这个王元伟相貌堂堂,但是因为经营生意,所以经常不在家。”周吉明劝严多:“你千万不可多事,否则会惹上麻烦的。”但严多却不以为然。

第二天,天刚蒙蒙亮,周吉明就起床跟严多告别,说自己要赶路了。严多揉揉睡眼,说真不想分手,周吉明说如果朋友有缘分,或许会再相见的,并让严多保重。严多说:“周大哥,我也没有什么送给你的,如果你愿意的话,就把你换下来的一双鞋子送给我做个纪念吧。而且你路途遥远,必须穿上一双新鞋才行啊。”说着就递过来一双崭新的鞋子。周吉明刚要推辞,严多却不由分说就把新鞋装进了他的行囊里面。周吉明也就只好收下了。他打开行囊,取出一双旧鞋子送给了严多,怕他一时混不上饭吃,又留了些银两给他,然后就上路了。不过,等他刚走出几里路,就被人追上了,他仔细一看,是客栈里的一个伙计,伙计说道:“你怎么跟严多那样的人来往呢?”他忙问何意。伙计就说这个严多,本来家里很富有,可是由于他天性顽劣,好吃懒做,又赌又嫖,所以被他爹给赶了出来。他就是欠了别人的债,才被打的。所以，你帮了他也是白帮。”周吉明沉吟了一下，感到这个严多虽胸无点墨，但也义气，就说：“我也不能见死不救啊。”伙计只好说：“但愿你的善举能让他有所悔悟。”

周吉明向伙计道谢，然后继续赶路。不过他的北上之途并不顺利，走出去大约百里，才发现自己的盘缠不知道何时丢了。他只好在街上给人做文章写字，勉强混口饭吃，赶考的事情八成要黄了，正当他走投无路的时候，幸好遇见一个好心的商人，仰慕他的才华，二话没说就资助了他足够的银两，使他他终于在考前的最后一天到达京城。他在考场上发挥出色，文思如潮，华章丽句奔涌而出，结果金榜题名，被钦点头名状元，从而一下子改变了自己的人生命运。皇帝让他在京城查了几起案子，他靠着自己的勤奋和缜密的思维，件件办得滴水不漏，让皇帝颇感满意，就亲授他七省都巡按，并让他代君视察民情。

二

这一路，周吉明不敢有丝毫马虎，总是尽职尽责。查出了一大批贪赃枉法的官员，及时报朝廷进行了惩处，也纠正了不少冤案，受到民众的好评和爱戴。在泰城，张县令拿出近年查办的所有案子，让他查视。要说这个张县令也算是一个清官，处处为民着想。周吉明几乎没有查出什么不妥来。他正准备为张县令报功呢，眼睛却落在一件新的卷宗上。张县令介绍说这件是上月刚发生的杀人未遂案件。周吉明制止了张县令，仔细看起卷宗来。

这是一件不算复杂的案子。一个名叫张小元的新娘在新婚之夜本欲要杀死新郎严二夕，在新娘的菜刀落下的一刹那，被新郎用胳膊挡了一下，于是新郎的胳膊被砍断，刀又落在新郎的胸膛上，虽然没有死，但落下了终身残疾。新娘对自己的罪行供认不讳，并倔强地在大堂之上央求判处自己死罪。

“于是你就真的判了她死罪?”看完卷宗,周吉明问。张县令心头一震:“请问大人,有什么不妥吗?这个新娘最终没有将人杀死是真,但她手段残忍,致人终身瘫痪,自己又愿意被处死,按照律例,当斩不饶。”“那你有没有审问过新郎?”张县令回答道:“我倒是去问过他一次,不过,他当时昏迷不清,满嘴胡话,加之凶犯已经招供,感觉再审问实无必要。”

周吉明把袖口一甩站了起来,生气地说:“糊涂!新娘说她家相公该杀,该杀在什么地方?你问了没有?一个柔弱女人平常手无缚鸡之力,却要在新婚之夜将自己的相公杀死,恐怕不是一般的仇恨吧?既然有仇恨,却又为何完婚?你问了没有?”几个问题,让张县令满头大汗。周吉明呵斥道:“几个如此重要的问题都没有问,就判人死罪,简直就是草菅人命。”张知县连忙结结巴巴地说:“卑职失察,卑职失职……”

接下来,周吉明要亲自审理此案。在大堂之上,凶犯张小元仍然哭哭啼啼,尽管非常憔悴,但仍然掩盖不住她姣好的面貌。周吉明问:“你为何要在新婚之夜杀死自己的相公?”张小元止住哭声,咬着牙回答:“我恨他,就是要把他千刀万剐!”“那你是如何认识严二夕的?”张小元说他是自己娘家的一个帮工。”“帮工?那你为何会嫁给一个帮工?”周吉明步步紧逼。张小元说这都是自己的母亲一手操办的。

于是周吉明又派人把张小元的父母带到大堂上来。张小元的母亲在堂上如实供述了事情的来龙去脉。原来,张家在泰城经营布匹,家境殷实。但是让张家难堪的是家里只生有两个女儿。大女儿早嫁,本来早为小女儿张小元订了婚,男方答应到她家入赘,可张小元死活不愿意,后来竟然跟与周家有生意来往的王元伟私奔了。这让张氏夫妇很伤心。大约一年前,家里突然来了个年轻人,自称叫严二夕,问需不需要帮工。正好这段时间,生意繁忙,于是他们夫妇合计了一下就把他留下了。这个严二夕虽然长相一般,但是干活麻利,而且脑子活络,能说会道。后来他们就不再让严二夕干力气活，而是专门站柜台。没想到这一下生意好了许多，整天车水马龙的。张氏夫妇看在眼里喜在心上。就干脆认他做了养子。后来女儿被休回家，他们就索性把坏事变成好事，说服女儿跟他成了婚。

周吉明听罢，又问："张小元，本官问你，你好好的，为何要被夫家给休了呢？"张小元起初沉默不语，后来才不得不说这一段令人难以启齿的往事。张小元跟王元伟结婚后，两人一直恩爱有加。王元伟虽然年纪轻轻，但做生意很有一套，因长期不在家，她只好跟婆婆一起过日子。记不清是哪一天，王元伟突然返回。张小元喜上眉梢，笑脸相迎，但王元伟却怒目而视。张小元小心翼翼地问："你这是怎么了？是不是生意有什么不顺？"没想到王元伟勃然大怒，指着她的鼻子骂起来："我生意顺不顺不用你管，你好好守妇道就行！"张小元被骂得晕头转向。王元伟没有罢休，越骂越来劲了："我在外面辛辛苦苦挣钱，你却在家里养汉，真不要脸！"接着就问她跟哪个秀才偷情了。张小元断然否认，王元伟没再说什么，过了会儿，他从自家后园子的草丛里搜出来一个包裹，打开一看，是一双男人穿过的鞋子。然后又拿出一封信拍在桌子上。张小元拿过来一看，原来是那天有人骂她的一首淫诗。她感到头晕目眩。王元伟见状就气愤地说："好一个放荡淫妇，你真不知道廉耻，鸡狗不如，铁证如山，你还有何话可说！"说着一巴掌打过来，张小元就什么都不知道了。等她醒来的时候，却发现王元伟不知去向，桌子上留了一张休书。她欲哭无泪，她知道这种事情对谁也说不清楚，也无法启口，只能打碎牙齿往肚子里吞。后来，在王家待不下去了，她就只好厚着脸皮回到了娘家。

三

周吉明问："王元伟的那封信和男人穿过的鞋子是否都还保留着？"张小元回答："这些东西是祸害我的证据，怎敢丢弃。"于是周吉明就让衙役带着张小元回她娘家去取。不到一个时辰,东西取回来了。打开包裹一看,周吉明惊呆了,这不正是自己的鞋子吗！上面还有老娘绣上的花呢。怎么会在这里面呢？但他很快就掩饰住自己的尴尬,又打开那封信,只见上面写着:“你辛苦在外奔波,妻子却不贞,这是她常吟的一首诗:多情女子多情客,常来常往爱满榻,秀才偷来妇人阁,双双携手云中乐。你如不信,看看自家后园里还有多情秀才留下的鞋子呢。”

合上信件,周吉明禁不住心潮澎湃,大声问张小元:“你在新婚之夜,一定知道了新郎就是诬陷你的那个人,对吧?”张小元一听,连忙点头,“大人英明,回到娘家后,我终日闷闷不乐,总想着有一天王元伟会回心转意,将自己接回家去。但是等了快一年,他连个信都没有,我就心灰意冷了。我娘见我整天这样也不是事,就劝我跟严二夕成婚。起初我坚决不同意,但经不起母亲的再三劝说,也就默许了。上个月十五,是成婚的日子。在我的要求下,没有大宴宾客,我们一家人围在一起吃饭喝酒。由于我从心里不愿意跟这个人结婚,所以就不想在那一夜跟他圆房。虽然我知道嫁给他,那是早晚的事情。所以我就一个劲地劝他喝酒,他也很高兴,左一杯右一杯地喝起来。等我父母散去的时候,他也喝醉了。怕父母生气,我就只好把他搀扶到新房。刚进门,就从他衣兜里掉出一样东西,我捡起来一看,原来上面是一首诗,就是送给我家相公陷害我的那首诗。因为从来没有别人知道过,所以我当时就怀疑起来。我心意难平,一直没有睡意。等到半夜,他又开始说起梦话来,还是那几句淫诗。我气极了,心想都是他使得我有家难回。于是就到厨房里拿了把菜刀,狠劲向他砍去。没想到正在这时,他突然胳膊动了一下,菜刀就砍在他左胳膊上,胳膊断了,刀又落在他胸上,留下一道口子。”

周吉明又问张小元的父母:“严二夕现在什么地方?”张父说:“我女儿把他砍了后,我们怕出人命,赶紧把他送到孙郎中那里,孙郎中费了很大的力气,才保住他的命。为了方便医治,我们就多花了些钱,让他住在孙郎中家。”

于是周吉明和张县令一行来到孙郎中家。没想到孙郎中说严二夕七天前已经回家了。“回家?”张小元的父亲不解地问,“他在这里压根就没什么家啊。”孙郎中说:“怎么没有,是他的夫人接他回去的。前天我还去他家给他诊治过呢。”

“走,到他家里去!”周吉明命令孙郎中带路,没费什么事就找到了严二夕的家,红砖碧瓦的房子很是气派,都把张氏夫妇给弄糊涂了。严二夕躺在床上,面色苍白,还不断地咳嗽。

“严多!”周吉明一进门就大声叫道。“嗯,”他答应了一声,看着进屋的一行人,他又赶紧否认。周吉明问道:“你还认识我吗?”严二夕看了很久,摇摇头说不认识。这是因为周吉明带着官帽,而且与两年前相比,确实变化不小。周吉明哈哈一笑,“我就是两年前的那个秀才,周吉明。”严二夕先是心头一震,很快就镇定下来,仍然摇头说不认识。

周吉明让人把他从床上扶起来,厉声问道:“好大的胆子,没想到两年时间,你不仅没有悔悟,反而变本加厉,你处心竭虑,并且改了名字。你先是看中新婚不久的张小元,就给他的相公写了一封信,诬陷张小元不贞。然后又潜到张小元家里,骗取了她父母亲的信任,就是既想得到张小元,还要得到张家的财产,而且即使在张家的日子,你也没有本分过,利用自己站柜台的便利条件,暗中捞钱,在外面置办家产,并娶了亲。我说得没错吧?”

严二夕还是狡辩,大声说:“大人,你一定给我做主,你的确认错人了。”周吉明就问仵作当时他的左手是否少一个手指头。仵作说:“是少一个指头,但当时没有细看是哪一个。”这时站在一旁的孙郎中说:“他的断臂就埋在我家院子里,挖出来一看便知。”

闻听此言,严多从床上一下子爬起来,然后扑通一声跪在地上,请求饶命。“看在原来的交情份上,再给我一次做人的机会……没想到你会考中状元,做了官,否则打死我也不敢在你临走的时候,偷走你的盘缠。”周吉明冷笑几声:“要是再饶你,恐怕天理难容!”

待严多伤势稍微好点,周吉明重新开庭。严多手段卑劣,诬陷栽赃,致人家破,又诡计多端,骗人骗财。周吉明作出判决:张小元无罪,当庭释放;严多属于咎由自取,并打入大牢,骗取盗得的钱如数归还张家。

四

案子水落石出了,周吉明却没有按照计划离开,想多住几日。张县令说自己仓促办案,差点酿成大错,请求他惩治自己。周吉明说:“你固然有过错,我也难辞其咎。”于是他就给张县令和身边的人讲述了两年前认识严多的情景,也讲了当时在桥上作诗奚落张小元的事情。然后,满腹感慨地说:“做人切不可图一时之快,要懂得庄重、自重。”张县令点头称是。

他又到了王元伟家,从王母口中得知,王元伟捎回信来说这几天就要回来。他就耐心等待,一直到王元伟回到家里,他迫不及待去拜访。没想到一见面两人都愣住了。原来他就是当时资助周吉明赶考的那位商人!王元伟做梦也没有想到当时的穷秀才会以朝廷高官的身份站在自己面前。周吉明先是向他表示感谢,随后又对他说了张小元被人栽赃的事情。没想到王元伟当时就落泪了,说当初自己在外的时候,有个男子说受他人之托捎来一封信,他一看,原来是说妻子在家跟人偷情的事,当时就火冒三丈。不过这些日子在外面一直想念跟妻子在一起的情景,此次回来就是想看看能否重续前缘。现在听周吉明这么一解释,更为当初的冲动懊悔不已。

“我来给你们做媒吧。“周吉明认认真真地说。王元伟很高兴,于是周吉明又亲自到了张家。张小元还沉浸在悲痛之中,他就把王元伟的打算告诉她,她一听果然一下子高兴起来,张父张母也表示一定会把女儿的婚事好好操办。

等忙完这件事情,周吉明才启程南下。回望泰城,春天中,已经到处都是花团锦簇,生机盎然。这里留给了他太多的感慨和回忆。

装装神经病

阿强和小伟是一个村里出来的。在南方一家工厂干了不到半年,就因为太辛苦而辞职了。两个人漫无目的地在街上转悠了好久。又在网吧里上了半天网。出来的时候,阿强对小伟说:“我们实在走投无路了,我想当个神经病。”

小伟说:“我看你真是个神经病,谁愿意当那个啊!”

阿强说:“你不知道吧,如果是神经病患者,犯了案子都不用承担刑事责任。而如果结婚了,不想跟老婆过了的话,连婚都不用离。”

“那是为什么?”小伟不解地问。阿强说:“因为那是无效婚姻。所以你可以娶好几个老婆。一句话,神经病人享受很多正常人享受不到的权利。”

“你哪里来的这么多歪点子啊?”小伟不高兴地说,“小心弄过头了。”

阿强摇摇头说不会的,并拉着小伟到了医院。小伟问去医院干什么,阿强说去了你就知道了。

阿强挂了个号,来到门诊,对一个医生说自己头痛,然后就是一阵胡言乱语。医生问旁边的小伟这是怎么回事。小伟结结巴巴地说:“他,他神经病犯了。”医生问他以前犯病的时候什么表现,小伟先是愣了一会,然后瞎比划了一阵子。于是医生就在病例上写了一通,并开了单子让他们去拿药。

出了医院的门,阿强就把药单子揉了揉扔了。小伟问你这是干什么。

阿强说:“你不懂了吧,要想让人相信你有神经病,得留下就诊记录。”说着扬了扬手中的病历本。小伟若有所思。

正说着呢,阿强突然向前面的一个女子冲了过去,一把夺下人家手里的皮包,转身就跑。女子像疯了一样在后面追。阿强跑得快,女子也不示弱,一直紧紧地跟着,小伟都跟不上趟。

大约追出去三里路,在众人的帮助下,把阿强给扭住了。“快把他送公安局!”有人喊着。阿强一下瘫在地上,连苦胆都快吐出来了,然后就是一阵狂叫。

小伟赶紧过来,说道:“大爷,大婶,别跟这人一般见识,这是个神经病。”

人们这才松了手,看了一会大喊大叫的阿强,骂骂咧咧地离开了。临走的时候,被抢的女子在他屁股上重重地踢了一脚。

小伟把阿强扶起来,骂道:“你他妈吃豹子胆了,光天化日之下干这勾当,要不是我,你就完蛋了。”

阿强揉了揉屁股,说道:“谁知道这女的这么能跑啊。不过,幸亏你说我是神经病,否则真惨了。”然后不无自豪地说:“怎么样,我说的没错吧,当个神经病真的很有用。”

有了“神经病”做护身符,阿强的胆子就大了,后来又抢了几次,竟然都成功了。虽然只抢到些小钱,但也够吃饭的了。

眼看到年底了,两个人只好回老家。阿强因为兜里没剩下多少钱,怕难看,就在镇上干上了偷盗的营生。得手了两次,摸着兜里平白多出的几千元钱,阿强很高兴,不过他想再干上一票就回家,家里来电话说给他介绍了个对象,用钱的地方多着呢。可是这次他栽了。被扭送到了派出所。一进派出所阿强就口吐白沫,还尿了裤子,嘴里不停地大喊大叫。警察捂着鼻子从他兜里搜出了病历本,原来是个神经病啊。派出所就打电话给他村里的村主任,让去领人。

阿强是神经病的消息很快就传开了。阿强的父母却怎么也不相信，一个劲地问儿子这是怎么回事。阿强对着他们说自己没有病，是装的。可是父母半信半疑。阿强走到哪里，他们就跟到哪里，生怕他出事。

过了年，父母催促亲戚，让他们把前段时间介绍的一个女孩小方领到家里来，让阿强看看合适不。阿强看得眼睛都呆了。没想到这小方竟然这么漂亮，当即就表示愿意。小方见阿强长得浓眉大眼，也没有什么意见，两个人就谈起恋爱来。

阿强领着小方出来散步的时候，人们都好奇地看着他们，还指指点点。阿强还以为大家在夸他女朋友呢。可是小方却感觉有什么不对劲，愣愣地看着阿强。阿强赶紧解释："这是他们在嫉妒我找了个好对象，不要理他们。"可是小方却扭头走了。

第二天，小方家就捎回信来，说这门亲事不合适。阿强不甘心，就跑到邻村的小方家，他穿着崭新整齐的西装，扎着鲜艳的领带，确实很精神。但在小方看来却是那么滑稽可笑，冷冷地问他来干什么。阿强说："来找你啊。"小方有点怯怯地说："我们不合适，你走吧。"阿强说："你要是不答应继续跟我交往我就不走。"小方说："你真是神经病"。阿强一听就急了，喊道："我不是神经病，真的不是。"

这时小方的爸爸过来说："孩子，你们村主任都见过你的病历本了，就别狡辩了。"阿强说："那是假的，我真的是好人，要不你给我出个题，越难越好，我要是做出来就说明我不是神经病。"小方冷笑道："要不给你出个脑筋急转弯得了，别忽悠了，用赵本山的小品那一套来蒙我爸。你真是病得不轻！"

小方的爸爸说："孩子你赶紧回去吧，神经病的人有几个承认自己是神经病的啊，赶紧回去吧。找个跟你般配点的。"

阿强掏出手机，打电话让小伟进来，原来他们昨晚合计了半宿，要是小方不信的话就让小伟来作证。此刻小伟正在大门口等着呢。他们商量着也不能全说实话,否则小偷或者骗子的身份一旦曝光,就更加没戏了。

小伟对小方说阿强真是好人。说着就掏出了一个证书:“阿强有高级电焊工证,你们说要是神经病的话能考出这玩意儿吗!”小方的爸爸接过来看了一下说:“如果这个证不是假的话,更说明他是神经病,我听说在南方很缺少这样的技术工,工资很高,有这么好的活不干,却装神经病,谁信啊。你们走吧,找个地方好好治治病。”

看来彻底没戏了,阿强和小伟回到村里。阿强一路走,一路喊自己是好人,引来了很多人。小伟怕解释不清楚,就把阿强干的那些事讲了一遍。末了,他说:“阿强的神经病是装的,真装的。他就是想多娶几个老婆,还不用负责任。”

人们不信,说正常人谁会这样,你以为你是皇帝啊,还想多娶几个老婆。这不是神经病是什么。

阿强见大家不信,就大声喊道:“我真不是神经病,我怎样做你们才能相信呢? 说着就三下五除二脱掉身上的衣服,狂奔起来,边奔边喊:“小方,我爱你,我真的不是神经病,我冤枉!”他脖子上只挂着条领带,不仅滑稽,还挺吓人的。

人们都摇起了头,议论道:“这孩子怎么病得这么厉害啊,真是白瞎了。给他父母捎给信,趁还年轻,赶紧送精神病医院去治治。”

拍拍自己的心窝

一

第七人民医院是省城里的著名医院。这天,儿科主任王维嘉参加完院长主持的办公会,铁青着脸回到科里。因为在会上,新来的院长宣布了去年各科的分红数额,就数儿科最少,院长批评了小儿科,说他们拖了全院的后腿。王维嘉做了辩解,说您又不是不知道,来看病的小病号虽然不少,但是用药量都不能太大,不像其他科室,可以大剂量开药。但是院长还是板着脸让他们自己想办法,并宣布从今年起,每个季度分红一次。

王维嘉也感觉很对不住各位,辛辛苦苦忙了一年,分到手的钱却最少,大家当然会认为他这个主任无能。他召集全科人员开了个短会,并做了检讨。医生王文运说:“主任,再不想想办法,我们就只能喝稀饭了。”去年刚分来的新医生蒋小宁却说道:“我看这样也挺好的,不拿昧良心的钱,喝稀饭也很香。”不过她这话马上招来很多反对的声音。有人说你家里条件好,不在乎,我们可缺钱呢。还有的说同样是上班,我们为什么比别人少,这个制度不行,要改革。还有的竟然吵吵着去找领导理论。王维嘉头都大了,连忙安抚大家。回到办公室里,他苦思冥想了好几天。

王维嘉打电话找到外省的一家药厂,商议购药的事情。真是想打瞌睡有人递过枕头来，因为市场的原因，这家药厂的厂长李伟强正为药品的销路发愁呢。他不敢怠慢，这样一家大医院早就想打进去了，以前努力了几次都没有成功，没想到今天他们找上门来了。他一口一个王主任叫着。王维嘉提出下一步准备用他们的药。不过他卖了个关子，说自己的要求很高的，正对几家药厂进行筛选呢。李伟强赶紧说自己的药质量好，而且具有极强的价格优势，还暗示回扣也相当可观，再有其他要求的话可以尽管提出来。王维嘉也不客气，让他们研发一种新药，最好是方便孩子服用的。李伟强说这没有问题，并许诺将以最快的速度拿出样品来。

说是研发，其实就是把以前的颗粒换成片状。这样不仅快捷，而且安全可靠，并取了个新名字，叫儿童感冒止咳泡泡片。做好了包装，然后打通关节，向主管部门申报，很快获得了上市资格。

再说王维嘉这边，收到药厂发来的样品后，马上向院领导进行了汇报。领导很快批准了这个购药方案，并让医院药房对新药进行了定价。这个价格出来后，连药厂厂长李伟强都吓了一跳，别说加价百分之十五了，百分之五十都不止。

从这天起，凡有患者来看病，无论是一般的感冒还是咳嗽，他们都会开这种药。有的家长想按照以前的套路，在医院开好单子后，再到外面的药店去买，可是根本就买不到。原来王维嘉跟药厂早就达成了协议，这种药只能在第七医院有，不得向市里的其他医院和药店供货。所以家长还得无可奈何地回来拿高价药。

这天，一名副市长的夫人带着小孙子来看病，王维嘉给她开了一种替代药，副市长夫人接过单子一看就有点火了，质问道："王主任，你给别人家的孩子都开感冒止咳泡泡片，为何不给我开呀。"王维嘉赶紧解释道："我开的这种药跟泡泡片效果一样，价格却要便宜很多，我这是为您着想呢。"可是副市长夫人根本不买账，说："你是怕我们付不起钱？"碰到这样的硬茬，王维嘉百口莫辩,只好按照副市长夫人的意思开了泡泡片。虽然如此,但王维嘉还是很高兴,因为通过这件事,让他知道泡泡片已经得到了大家的认可,深入到了患者家长的内心里。果然,医院公布第一季度的分红数据时,儿科已经大幅度靠前了。大家点着手里的票子,笑得合不上嘴。

二

也不是科里的每个大夫都给患者开泡泡片,蒋小宁就是个特殊。作为一名刚参加工作的博士生,她对许多问题都有自己的看法。因为大学时候到国外考察了一次,回来就研究如何让患者少输液的方案。整整一年,她几乎没有给科里留住一个住院的患者,基本上都是开点小药就把病人打发走了。为此王维嘉跟她谈了几次话,让她要有大局观念。

泡泡片进来了这么长时间,蒋小宁还是每次都开很便宜的止咳药。这让王维嘉更加恼火。他又一次把蒋小宁叫到办公室,生气地说道:"医院里人都知道你家庭条件好,不在乎钱,有病人来看病,你甚至还倒贴钱,你的这种精神的确值得赞扬,可以当活雷锋。但是医院毕竟不是慈善机构。大家要生活啊,咱们都在一个集体,怎么也得顾忌一下大家的感受吧。"蒋小宁说:"主任,我没有不顾忌大家,可是作为一名医生,我要更多地顾忌患者和他们家庭的感受。"王维嘉感觉很难跟她沟通,说这毕竟不是套话连篇的年代了,还是现实点好。他好话说尽,最后,蒋小宁只得答应每月为科里销售五十盒泡泡片。虽然这个量很微不足道,但好歹开了个头。她总算融入了这个集体之中,假以时日,她应当能够顺乎这种规则的。

这样过了两个月,有一天清早,蒋小宁在查完房准备回家休息的时候,突然晕倒在办公室里。经过紧急抢救,她苏醒了过来,不过医生给她的诊断,竟然是营养不良。这让众人很是不解。王维嘉苦笑着摇了摇头,说现在的女孩子为了保持体形,什么都不顾,真是不可思议。所幸补充了几天液体,蒋小宁很快就痊愈了。王维嘉批准她在家休息几天。

为了表示关心,王维嘉带几个同事去她家里慰问一下。按照登记的地址,找来找去,竟然来到了一个很普通的小区,跟传说中她家住的高档社区大不一样。敲开门,蒋小宁一脸的憔悴。再看里面的陈设,更加让人吃惊,简单得不能再简单了。“小宁,你怎么住在这种地方啊?就像出租房一样。”蒋小宁笑了笑说:“这本来就是租来的房子啊。”说着故意挪了挪身子,像在遮掩什么。王维嘉眼尖,一下就看见后面堆了一大堆药,过去一看,竟然是一大堆泡泡片。“你这里怎么会有这些东西?”王维嘉问。蒋小宁说这是给亲戚家一个小孩捎的。“那也不能这么多啊!”王维嘉问。蒋小宁说过几天我要回趟老家,亲戚家的小孩身体弱,打算多带些回去。王维嘉还是满腹狐疑。

通过攀谈,大家才知道蒋小宁家里的事情。

原来她根本不是出身于什么富户人家,人们见她不太注重奖金什么的,就想当然地推断她家里很富有。相反,她家里一直很贫困,这缘于十几年前母亲的一次得病,为了治病,辗转全国各地,不仅花光了所有的积蓄,而且债台高筑。那时她还在读书,经常见到父母为了钱的事情忧愁万分的场面,这让她感受到了病人的艰难,并从那时起就立志要做一名医生,而且是一名为病人排忧解难的好医生。但是没想到参加工作后,周围的环境让她很难实现自己的理想,各种任务和形形色色的潜规则,压得她简直喘不过气来。几个人听完后,都默默无语,曾几何时,他们一个个也这样豪情满怀,可是在潜规则面前,都把自己的理想和追求抛得一干二净。

三

王维嘉接连受到医院的表彰,并被树为开拓进取的典型人物。

这天,专家门诊来了一对小夫妻,怀里抱着一对双胞胎,都咳嗽得厉害。今天值班的是医生王文运。一进门,孩子的妈妈就说:“你好,医生,王主任让我来找你……”“什么事？孩子怎么了？”王文运边问边熟练地掏出听诊器给孩子看病。“孩子没事吧？”孩子的爸爸在旁边焦急地问道，话没说完，自己是一阵剧烈的咳嗽，

“气管感染。”王文运收起听诊器回答道。“两个孩子都是吗？”他们又问道。王文运点了头头。“那不用输液可以吗？”王文运回答说：“不输液就得好好吃药。”夫妻两人赶紧点头，表示愿意吃药。这年头，谁愿意输液啊。王文运就挥笔开起了药方。夫妻两人抱着一大堆泡泡片回家了。

这事没过一星期，王维嘉就接到了表姐的电话。表姐说：“你表姐夫残废了。”王维嘉一听非常震惊，忙问怎么回事。表姐边哭边诉说。王维嘉费了好大的劲儿才弄明白。原来那天表姐的双胞胎孩子生病，而正好表姐夫也在工地上不小心从支架上摔了下来。于是就一块来看病，本想直接找王维嘉，可是王维嘉正在外地开一个学术会议，就在电话里让他们找值班医生王文运。没想到王文运根本都没有问清楚病人是谁都就直接给开药了。等给孩子拿完药，手里的钱已经所剩无几了。虽然知道有新农合可以报销一部分，但是手里头连住院费都不够了啊。表姐夫就没有再做检查，硬撑着回到家里。在家里躺了两天，却是越来越严重。等再上医院时，已经来不及了。听完后，王维嘉在电话里大声喊道：“赶紧把那些泡泡片停了，根本不用那么大的量，吃两盒就行了。”

王维嘉气愤地来找王文运，可是王文运也是一脸的无辜，嗫嚅道：“主任，他们也没有说跟你什么关系啊……”“算了，算了……”王维嘉是打碎牙齿往肚子里咽。

第二天，他去找院长，坚决要求辞去主任一职。任凭院长苦口相劝，也难让他改变主意。

然后王维嘉找到蒋小宁，说道：“小宁，我想通了，你做得对。而且我已经知道，你为了完成任务，自己花钱把那些泡泡片买下来，真是委屈你了。

我给院长讲好了条件，要想让我们继续在这里干，就不能再给小儿科下达任务，也不能以所谓的业绩来分红了，医院毕竟不是公司，这是我们生长良心的地方。”蒋小宁含泪点头，说道：“那我就继续跟大家在一起。”说着，从兜里掏出来一张纸撕碎了，是刚写的辞职信。

狐狸能跑多远

一

沈飞华学会了一手推拿按摩的本领，开了一家按摩店，运作没多久，他又加了个项目，卖养生汤。广告做得很到位，让人看了，恨不得马上就来试试，以求长命百岁。这两项业务加起来，让他的店堂人来人往，热闹非凡。挣到的钱也是哗哗的。

沈飞华碰到了艳遇，这天，一个身材高挑，长相漂亮的女子进了按摩店。按摩完了后，沈飞华问她感觉怎样，她说后背不怎么疼了。沈飞华说你还需要再按摩两次，然后开玩笑："你这么漂亮，要是落下腰疼背疼的毛病，可小心嫁不出去了。"女子把眼一瞪，说："那我就嫁给你！"本也是一句玩笑话，但沈飞华却当起了真，以后的按摩非常卖力。交谈中他这才知道女子叫薛维维。两人就这样谈起了恋爱。要说这薛维维已近三十，是个不折不扣的剩女了。她的婚事，成了父母的一块心病。尤其是父亲，只要见到熟人，就会央求人家给女儿介绍个对象，好像她真嫁不出去了一样。但是薛维维的脾气有点二，见了那么多小伙子，凡是别人说好的，她总会挑出一大堆毛病，凡是别人说不行的，她怎么看着都顺眼。就在这样的争争吵吵中，好男人一个个从她身边滑走了。而这个沈飞华从他父母那里继承了优秀的基因,长相俊朗,乍看也显得文质彬彬的,一下子吸引住了薛维维。

恋爱不到两周,薛维维就把他领到自己家里,家里只有她一个人。她说父母都在南方疗养,自己负责看家。她还告诉他,过两天自己要去看父母,不如我领你一块去,让他们看看你,要是合适,咱就把关系定下来。对于这个邀请,沈飞华当然求之不得。让他没有想到的是,出发这天,薛维维竟然从车库里开出来一辆"奔驰"。"这是你的车?"他吃惊地问。薛维维点点头。沈飞华的眼珠子都快瞪出来了,心也狂跳不已。他可是好久没有摸过车了,尤其是这样的豪车。现在终于可以过过瘾了。哪怕在二级公路上,他都能飙到120公里以上,把坐在副座上的薛维维吓个半死。在高速公路上,连着被交警查了三次,最后一次,车被扣住了。

沈飞华潇洒地大手一挥:咱坐大巴。他们星夜兼程,终于见到了薛维维的父母。

二

沈飞华发现薛维维的母亲表现很怪异。这是个久病的老太太,平常坐在轮椅上,坐时间长了,就拄起双拐,在屋里挪动着走几步。沈飞华从始至终都没有看见她的一个笑脸,甚至对他很敌视,一整天都没有跟他说过一句话。这让沈飞华很尴尬,但是他还得耐着性子去讨好她。每当这个时候,老太太都会把脸转向一边,问你是哪里来的骗子。他也不生气,依旧耐心。薛维维的爸爸向他解释,她这样都好多天了,是因为病情加重而心情不好,让他不要见怪。沈飞华感觉到这老太婆神经有点不正常。

当天晚上,沈飞华听到她们母女在房间里大吵大闹,薛维维还嘤嘤哭泣起来。倒是薛维维的父亲对他很热情,不光跟他聊天、下棋,还变着法子给他做好吃的。沈飞华也投其所好,帮他按摩,力道用足,让他舒舒服服。薛维维笑吟吟地问:"你怎么不给我老爸弄点养生汤喝。"沈飞华就到市面上买了些中药，回来熬好给老人家喝下，还问效果怎么样。老爷子啧啧嘴，然后点头说不错。短短几天，两人已亲如父子。

这段时间，他们两个出去玩，沈飞华抱怨没有车真不方便，薛维维就让他回去把车提出来，并给了他一笔钱，让他路上注意安全。

可是这一去就是好几天，还没见沈飞华回来，打电话，沈飞华只说遇到了些麻烦。薛维维的父亲就让她去看看，有什么麻烦，能用钱解决的就不要吝啬。母亲有点恼怒："我怎么越来越感觉你弄回来个祸害呢！"薛维维给她捶打着后背，让她行行好，千万不要棒打鸳鸯。父亲也在一旁，劝她不要没事找事，并生气地总结道："在你眼睛里，这个社会上就没有什么好人。"母亲哼了一声，就什么也不说了。薛维维一路上都没有找到沈飞华，扣的车还在交警队。沈飞华在电话里说自己在朋友家里。朋友出车祸了，现正在医院里抢救呢，并解释说这个朋友以前帮助过他，说什么也不能见死不救。薛维维感觉这男人的心真好，于是给他打过去了一部分钱，自己把车提了出来。

又过了三天，薛维维一个电话让沈飞华火速回来。沈飞华连忙买了飞机票往回赶，进门就问怎么了。薛维维抹着眼泪说："我老家的房子被盗了。""怎么会这样，谁干的？"沈飞华吃惊地问。薛维维的爸爸摇摇头说不知道啊，是在老家的侄子薛强发现的。"那报警了吗？"沈飞华焦急地问。薛维维摇摇头，刚要说什么。这时，从沙发里传来她母亲的声音："幸亏西屋地下室里你存放的那些老东西没有被偷，否则咱家可就真完了。不过，得让薛强采取措施，那里可没安装摄像头。"说着就大把地拧鼻涕。沈飞华赶紧把脸扭到了一边。薛维维说："爸爸，看来还是你想得周到，就是不能把鸡蛋都放在一个篮子里。我们马上回去处理这件事。""不行，你们不能回去。"她妈妈幽幽地说，声音虽小，但不容抗议。不过薛维维根本不想听她的，她感觉妈妈脑子出了问题，正准备抽个时间带她去看医生呢。沈飞华出来圆场道："要不这样吧，咱制定几套方案，让爸爸定夺。一是咱俩一块回去；二是让父母两人回去;三是你自己回去,我在这里照顾二老。”薛维维看着爸爸,爸爸不能定夺,又把目光投向了老伴。薛维维的妈妈扭头对她说:“你自己回去就行了,连这点事都处理不好,还怎么在社会上混啊。”沈飞华对薛维维说那就你回去吧,跟堂哥好好商量一下,不行就报警。薛维维郑重地点点头。

三

沈飞华使出吃奶的力气让薛维维的爸爸高兴,一个劲儿地劝他放心,贼要是偷了东西,总会留下痕迹的。现在的侦破技术这么发达,我们要做的就是静待佳音。薛维维的爸爸这才不那么着急了。不过薛维维的妈妈却仍然十分难伺候,无论他说什么,都油盐不进,一个劲地嘟囔着这家要败了,多年的积蓄没有了。每当这个时候,老头子就无可奈何地摇摇头,然后拉着沈飞华去另一间屋里下棋,把老太太一个人晾下。老太太就把电视开得声音很大。

晚上,沈飞华熬了一锅汤,让二老喝。等快凉好的时候,老太太让沈飞华去外面买点秋梨膏,说着就使劲咳嗽起来。沈飞华出去了,老太太用拐杖把老头手里的碗给打翻在地,说道:“这马尿就这么好喝?”老头子简直气坏了,指着她大声说:“你,你简直是太不可理喻了!”

老太太也不生气,而是说:“还不快点收拾一下,等你那女婿来了,看到辛辛苦苦熬出来的东西被弄地上,会伤心死的。”老头只好蹲下来,把地上收拾干净。

第二天,薛维维打来电话,说没有任何进展。沈飞华接过电话,给她出了不少主意。薛维维哭着说:“爸爸收藏的那些东西几乎被洗劫一空,价值连城啊。”沈飞华劝他不要着急,警察会有办法的。放下电话,一家人陷入沉寂。老头子连连叹气,老太太却吧嗒吧嗒地吃起东西来。“你能不能小点声音,真是个无心无肺的人!”老头子一甩手出去了。

沈飞华又煲了两次汤，但是老太太自己不喝，也让老头子喝不成，气得老头浑身哆嗦，心想等女儿回来，一定想办法给她治病。

又过了三天，薛维维回来了，一同来的，还有她的堂哥薛强。他们说案子有眉目了。警察正在对案犯进行通缉。“是谁干的啊？”沈飞华焦急地问。薛维维说：“现在还不知道，不过，他根本逃不掉的。警察已经动用了所有的力量在追查。”

“那个家伙要是跑掉也没什么大不了的。大雁飞过去，还会留下声音呢。”老太太在一旁小声说道。薛维维一撇嘴，“您又在胡言乱语了。”

四

正在这时，进来了几个警察。一进门就问：“谁是沈飞华？”沈飞华大惊失色，但是很快就镇定下来，“我就是，请问有什么事吗？”警察二话没说，一下子把他拧住，并戴上了手铐。薛维维却急了，忙上前阻止：“你们一定弄错了，他是我男朋友！”

他们出示证件，是这当地的警察，然后掏出来一份检验单，说：“我们找的就是他，他涉嫌投毒。”

投毒？薛维维和她爸爸都惊呆了。“他想把我和你爸爸毒死，至于动机得让他自己说了。”妈妈在一旁不慌不忙地说。

“到底怎么回事，是你干的吗？”薛维维大喊大叫。沈飞华躲闪着，但很快就被警察带走了。

薛强问：“伯母，按照您的嘱咐，我在西屋地下室里安装了个隐蔽摄像头，没想到小偷果真去了，老家的警察就是根据这个摄像头查到的线索，就是不知道那里面丢了多少东西。”

老太太说：“那里面什么东西都没有，我只是设了个套，没想到坏蛋就钻进去了。”

薛维维不明白地问:“那你凭什么认定沈飞华?他可一直在你们身边啊。”

老太太说:“难道非要他亲自去偷啊,跑的那个人一定是他的同伙。再说了,他在养生汤里下药,这总是事实吧,警察都查出来了。”

老伴过来说:“不好意思,老婆子,我误解你了,还以为你脑袋真完了呢,说吧,你是怎么发现他是个坏蛋的?”

老太太呵呵一笑说道:“要是再晚几天,我就被你们爷俩给送精神病院了。维维把这个男朋友一领回来我就感觉不对劲,他靠卖养生汤挣钱,其实都是坑蒙拐骗,电视上不是经常报道吗?再说了,他来到咱家里还大谈他是怎么飙车的,你说把女儿嫁个这样人我放心吗。男怕入错行,女怕嫁错郎啊。我就让薛强在老家调查他的情况。不查不知道,一查吓一跳。小强,接下来该你说说了。”

薛强说,伯母打了电话后,我就着手调查。没想到,他不光是个混混,还结过婚,有一个女儿。之所以没有直接告诉伯父,就是怕打草惊蛇,让这家伙做出狗急跳墙的事情来。

薛维维听得云里雾里,突然大喊道:“这不可能,你们一定是弄错了!”

老太太赶紧制止道:“我就知道你不信,那你往下听。当时我就想方设法地拆散你们,可是你却迷了心窍,怎么说都听不进去。后来就是他自投罗网了。从咱们的谈话中,他得知咱们老家里放着好些收藏品,就借口回去提车,其实是去偷东西了。摄像头对他根本没起什么作用。再后来,他又动了邪念,想把我们俩毒死,所以在养生汤里做了手脚。一开始我发现他鬼鬼祟祟的,就怀疑了,然后把你父亲的碗打翻了,我让人把这些残渣送公安局去检验,果真发现了让人慢性中毒的化学药品,专家说这些东西人要连喝几次就会一命呜呼。”

“那你们一共喝了几次啊?”薛维维大惊失色。妈妈说你别大惊小怪的,我们一次也没喝成,要不是我,估计你爸已在黄泉路上了。

薛维维的爸爸不满地问那你直接告诉我不就行了吗。她回答道:“你能听我的?好不容易找个女婿看把你高兴的,都失去理智了,连一点警惕性都没有!”

尽管这么说,薛维维还是不怎么相信。第二天,警察打电话把他们叫到公安局。沈飞华已经全招了,老家的警察也根据口供抓到了他的同伙。

在征得警察的同意后,薛维维见了沈飞华。她恨不得把他给剁碎了喂狗。沈飞华低着脑袋,不敢看她。她骂道:“你这个骗子,杀人犯!差点害死我们全家!”

沈飞华抬起头,争辩道:“我没想害死你们全家,我只想让你父母死掉,他们那么多遗产够我花的了。没想到却被一个神经兮兮的老太太给算计了,你才是个骗子,竟然说她是个看大门的……”

要不是有警察拦着,她就要冲进去,掴他几个耳光了。

五

其实沈飞华绝对是个坑爹货。他初中没毕业,就跟同学打架,把人家打成重伤,被勒令退学。他父亲为此赔了不少钱。后来,沈飞华又接连几次醉酒后惹事,不是动刀子就是舞棍子,母亲连死的心都有了。父亲只好让他到自己开的工厂里去上班。这期间,他确实收敛了不少,为了搞业务方便,父亲给他买了一辆车。不过残酷的事实证明,这绝对是混账决定,因为沈飞华很快就迷恋上了赛车。把这辆车七改八改,就成了一辆不伦不类的跑车。他跟几个哥们,每天晚上在郊区驾车怒吼。后来,出事了,撞倒了一个路人,车变成了一堆废铁,幸亏他命大,也没有落下什么残疾,倒是赔了人家上百万。再后来他又染上了毒瘾。父亲终于崩溃了。“孩子,五毒里面,你还差哪一项?”问完这句话,老人家就脖子一扭,驾鹤西去了。母亲对经营一窍不通，厂子就理所当然落在了他手里，结果只能是加快倒闭的速度而已。

沈飞华彻底成了街头小混混，家里的积蓄很快被挥霍一空。此时，母亲也已经病入膏肓。沈飞华实在混不下去了，只好听从母亲的建议，去学点手艺，这样至少可以弄口饭吃。他就外出学医。虽然没有学到多少医学知识，但是那套推拿按摩的本领，让他有了立足之地。有钱赚了，也安分了不少。母亲看着他有这么大的进步，在满意中闭上了眼睛。要是知道他后来做了这么多坏事，估计她在天堂那边也不得安生。

而最感到后怕的还是薛维维，她这才想起来，一来到南方，沈飞华就迫不及待地问她父母退休之前是干什么工作的。她告诉他，爸爸是名教师，妈妈是看大门的，他也就没有再往下问。不过，幸亏他没有再问，让他失去了警惕。妈妈是名刑警，受伤后，就自愿在公安局看大门。

一路风雨

遇见好心人

李桦和张雨是大学一年级的学生,她们俩是一个村里的,放寒假的时候结伴回家。火车站上人山人海,突然李桦发现张雨走丢了,她可急坏了,因为钱都在张雨的包里。于是她大声喊张雨的名字。

这时有一个衣着华丽,三十多岁的漂亮女人走到她身边,说:“妹子,像你这样喊有什么用啊,不如到买票窗口去等,说不定你的伙伴在买票呢。”李桦一听有道理,就对这个漂亮女人产生了好感,跟着她来的售票窗口。可是哪有张雨的影子啊。李桦眼泪都快急出来了。漂亮女人劝她不要急,说道:“你可以先自己买票走啊。说不定她找不到你也会一个人走的。”李桦说钱包都没有怎么买票啊。“要去哪啊?”漂亮女人和蔼地问。李桦说自己要回家,并说了家在的地方。这女人说,真巧啊,我也是那里人,我给你买车票吧。

李桦说:“谢谢大姐啊,我回家就把钱还你”。

那女人说她叫严小娟。她帮李桦买了车票,一起坐车回家。在火车上,她们有说有笑。严小娟说她公公家在县城开了家公司,她就在公司里上班,待遇高得很。

到了县城，严小娟让李桦陪她去一趟公司，然后再回镇上的家里。李桦本不想去，但是想想自己没钱买汽车票，就只好答应了。

到了严小娟婆婆的家里，说了会话，她的婆婆说有事出去了。

一会婆婆回来了，还带回来一个干瘦并脏兮兮的男人，那男人一进屋就盯着李桦看。严小娟就对李桦说："妹妹，你先到那屋去休息一下。"然后就把李桦带到另一个房间里，并拿出了水果让李桦吃。李桦自己在房间里，感觉不对劲，那个脏兮兮的男人怎么一直盯着自己看？不会是遇到人贩子了吧。不过这也太天方夜谭了吧，虽然这么想，她可不敢掉以轻心。

她试着推门，但是令人吃惊的是门被从外面锁上了。她心里一惊，看到房间连着储藏室，就到储藏室，搬了凳子站上面，从储藏室的窗户缝隙正好看到那个房间。

对面房间里，严小娟正跟那个男人说话："水灵灵多好的啊，还是个大学生呢。"那个脏兮兮的男人问严小娟多少钱，紧接着就是一阵讨价还价，最后定六万块钱。严小娟说大白天不好直接带走，等天黑给他送去。约定好后那个男人就先走了。李桦躺在床上装睡觉，严小娟进来了，说等会要带她出去逛街玩玩。

李桦装着很累的样子，有点懒洋洋地跟严小娟讲，自己有两个好姐妹，都没考上学，早想到县城里来闯闯了，问严小娟可不可以让她们到她老公公家的公司来打工啊。

严小娟心想，自己又能多赚两个人的钱，就同意了，还装腔作势地谈了待遇问题。她知道像这样的小女孩是最抢手的，但也很难骗到。机不可失，于是她出去打了个电话，然后就带李桦离开了这里。

又起波折

到了小镇上，严小娟让李桦去找她同学。李桦现在一阵轻松，可算自由了,她想去报案,可是一想自己也没证据,于是她想报复一下这个可恶的人贩子。她知道这里很穷,很多人都娶不到老婆。她看见路边有一个戴着帽子的男人在外面溜达。

她就试探着跟那个男人搭话,说:“大叔,你生活挺开心啊,还散步呢。你孩子一定挺孝顺你吧。”那男人说:“我哪有孩子,老婆还没有呢。”李桦压低声音说:“还娶不到老婆吗,可以买呀。”这男人很警惕地环视了一下四周,看就李桦一个人,说道:“上哪买？你当是牲口啊。”李桦说:“我认识一个三十多岁的女人,长得很漂亮,是她先骗了我,我非常恨她。你愿意的话就介绍给你。”

男人眼睛马上就直了,摘下了帽子,原来头上有个难看的伤疤。他问道:“你要多少钱啊?”李桦说:“不多,五六百块钱就行,我就是想弄点路费,我可是只负责介绍给你,成不成是你的事。”伤疤男人说:“你把她领到我这儿来,剩下的就不用你管了,还没有我制服不了的女人。”李桦吓得吐了吐舌头,战战兢兢地跟他商量好等一会要说的话。

李桦回到招待所见到严小娟,对她讲自己事先想好了的谎话:“大姐,因为小镇建设太快,我一时还找不到她们的家。你对这一带应该很熟吧,要不你跟我一起去问问?”严小娟就答应了。

李桦就把严小娟带到伤疤男人那里,故意说:“大叔,你是我同学新新的父亲吧?”伤疤男人出来回答:“是这儿,来吧。”就把她们接进去了,李桦对严小娟说:“大姐,你先坐一下,我把另外几个同学的父母全找来。”李桦出来了,伤疤男人跟着她塞给了她五百块钱。

可是走不远,李桦脑海中突然感觉到了可怕的一幕,自己毕竟是一名大学生,做这样的事情不光对不住自己的良心,也是犯法的啊。于是她迅速地往回跑,来到伤疤男人的住处,门已经关上了。她听见里面有打斗的声音,她用拳头捶打着房门,后来干脆用砖头砸,门终于开了。伤疤男人探出头来，一看是李桦，生气地问："你还有什么事情，不老实我连你一块带进来。"李桦把手里的钱一甩，说："快让里面的人出来，否则我要喊人了。"这招还真管用，伤疤男人犹豫了一下，正在这时，严小娟披头散发地跑了出来，衣服也被撕开了。李桦说："对不起，严姐。"严小娟还没有从恐惧中走出来，大口喘着粗气，显得很狼狈。过了会儿抓起地上的一块大石头狠狠地朝伤疤男人的房门砸去，说："这个家长怎么是畜生啊！"李桦一听她好像还没有识破自己，说："对不起，大姐，我刚出来才忽然想起来这个男人是我同学的继父，品质很恶劣，我怕你吃亏就立即返回来。"并帮着严小娟整理了一下凌乱的衣服，严小娟也就没有再说什么。

李桦说："严姐，你看天都到中午了，离我们家也不远了，要不你还是到我家吧，我的堂妹说不准也想出去找活干呢。"

严小娟好像有点怀疑，看了她一眼，没有说话。李桦说："随你吧，你给我留个地址，我会把钱邮寄给你。"严小娟可不甘心，想了想，问道："你堂妹真想出来?"李桦说："是啊，你知道我们乡下是脸朝黄土背朝天，穷死了。"于是她们就一同坐车来到李桦的村子。这是一个被郁郁葱葱的大山包裹着的小山村，美丽但贫穷。

进了家门，李桦先大声喊道："文老师。"这时从屋里走出来一个中年妇女，尽管有了白发，但是难掩她曾有过的俊俏。"张雨回来了吗?"文老师一愣，盯着严小娟看了一会，焦急地说道："你们不是说好一块回来的吗?"李桦心里一沉。这时屋里走出来一个驼背的男人，直呆呆地看着李桦她们。那眼神让严小娟头皮有些发麻。李桦说："文老师，是这样，我们在车站走散了。你别急，说不准她误车了呢。"

出来后，李桦没有回家，而是把严小娟领到一个人多的地方，严小娟急切地问她堂妹呢。李桦没有回答，而是小声说道："严姐，你看见我的老师了吗?"严小娟说："看到了啊，她教过你吗?"李桦说："是的，她是我们村最好的老师。”严小娟问:“那个驼背男人是谁?”李桦回答:“是我们文老师的丈夫。”

“你说什么?”严小娟很吃惊。

“是的,太不可思议了吧,你一定会问文老师怎么会没有眼光找这么个人呢,其实我们文老师是很久以前被贩卖到这里的。”

严小娟睁大了眼睛。李桦继续说:“她曾经尝试过各种方法要跑,最后都被找了回来,遭到毒打。后来有了孩子,她也就认了。因为她是我们这里唯一有文化的人,就当了一名代课老师。她培养了几十个大学生,在全国各地都有,可是她却永远走不出这大山。”

严小娟刚要说什么,李桦没有给她机会:“我说的句句是实话。你应该知道我为什么要告诉你这个吧?”

严小娟眼神有些迷乱。刚要掩饰,李桦把语气提高了一些:“你也不用隐瞒了,我知道你是人贩子。如果你还有良心的话,我请你放过张雨,肯定是你的同伙把她骗走了。文老师太苦命了。你忍心让她们母女两代人都被贩卖吗?我就不信人贩子的心个个都是铁打的。”说着自己呜呜地哭了起来。

严小娟瞅了瞅周围的人,把李桦拉到一边,说:“既然你已经知道了,算我倒霉,我可以让人把张雨放出来,不过你得放了我。”在得到李桦的承诺后,她掏出手机来打电话,可是那边却说张雨已经被转手了。李桦气坏了,刚要喊人。严小娟说:“你先别急,他给了我个号码,让我去找一个人,你要知道为了安全起见,我们平时都是单线联系的。”于是她又拨了个号码:“喂,你是王大志吗?对,是老板让我找你的,我告诉你,要是张雨损失一根毫毛,我饶不了你!”

打完电话,严小娟对李桦说:“张雨下午就被转到镇上来,然后会被卖到外地。我们马上去镇上吧。”李桦说:“行,不过我得叫上我们村里的人。”严小娟马上拒绝:“看来你是想把我抓起来是吧,要是那样的话,你干脆现在喊人吧。不过你得想明白,那样的话张雨就找不到了。"

李桦说道:"那要是你要花招怎么办?要不你就让人把张雨放了,你在这里等着,张雨回来了你再走。"

严小娟说:"不是我不同意,我听说这个王大志每次在把女人卖掉之前,都先对女人施暴,人可坏透了。"李桦的心禁不住提到了嗓子眼。

正在这时,文老师跟了出来。她很着急,李桦看了看严小娟,她正盯着自己。于是她噼里啪啦地跟文老师说了一串数字,弄得严小娟迷迷糊糊的,然后文老师就走开了。严小娟问她们说的什么啊,李桦回答:"没什么,只是告诉文老师我同学的几个电话号码。"严小娟这才放下心来。

意想不到的结局

二人返回镇上,来到电话里约定的地点找王大志,他们都愣了,王大志竟然就是上午见到的伤疤男人。李桦吓了一跳,没想到他也是个人贩子,怪不得他那么心狠手辣啊。王大志刚想说什么,严小娟的巴掌已经抡了过去,骂道:你这个浑蛋!上午差点把我憋死。王大志一个劲地叫着二老板,说了好多求饶的话。

等了一小会,人贩子就把几个骗来的女人用箱型车送来了。王大志让人把张雨推下来。张雨一下来,就跟李桦抱在了一起,严小娟对李桦说:"我们两清了。"说着坐上车要溜。

李桦一把拉住她,大声说道:"你把车上的人都放下来。"严小娟凶相毕露,瞪着李桦大声呵斥道:"你要再死搅蛮缠,连你一块弄走!"说着就一使劲挣脱了李桦。

正在这时,两辆警车如从天降,车上下来十几个警察。王大志和严小娟傻眼了。车上的几个女人被成功解救。警察赶紧现场审问人贩子。

文老师也租了辆车赶来了,她把张雨搂在怀里难受地哭了起来。警察在那边喊道:“文水蓝,你不要隐瞒什么了,你知道自己的下场。”

文老师心里一惊,赶紧扭过头,“你叫什么名字?”严小娟把头发一甩,不说话。文老师又问:“你认识文水清吗?”严小娟惊奇地盯着文老师。文老师大声说:“小蓝,你不认识我了,我是你姐姐啊!”大家都惊呆了。李桦张雨还有在场的警察也看出来,严小娟跟文老师竟然长得很像。严小娟哇地哭了起来,她不敢相信,这就是自己朝思暮想的姐姐。警察很快就把他们带到公安局。

原来严小娟正是文老师的妹妹文水蓝。那年的一个中午,刚十八岁的文水清和一个同学去外面买东西,被人骗卖。她的家里从此天塌了。为了找到她,花光了所有的积蓄,父母也日益苍老,一病不起,最后双双早亡,只留下文水蓝。她没有了依靠,在寻找姐姐的过程中接触到了人贩子,出于报复,也为了挣钱,最后竟然也走上了贩卖人口的犯罪道路。这几年文水清也经常到自己以前所在的小镇找寻亲人,但是因为小镇已经搬迁,每次都是失望。做梦也没有想到,姐妹俩竟然以这种方式见面。

在姐姐的劝解下,文水蓝积极配合警方抓到了她的上线,又顺藤摸瓜抓住了所有的人贩子,并解救出一些被贩卖的妇女,从而获得了法院的轻判。

文水清每个月都会来看文水蓝一次,给妹妹带来好吃的,也给她带来温暖和希望。每一次,文水蓝都会扑在姐姐的怀里大哭一场。她一直都在深深的自责。她常想,真是万幸,要不是姐姐及时报警,自己就把亲外甥女给卖了,也不会让她们姐妹相认。可是一直有个疑问在她脑海里。终于有一次,她按捺不住,问:“姐姐,那天李桦是怎么让你报警的,我竟然毫无察觉?”

文水清淡淡地一笑,告诉了她。原来当年文水清和她的同学被骗后,她们本来有一次能够逃跑的绝佳机会,但就是因为互相沟通时露出破绽,被人贩子识破,从而抱恨终生。为了使悲剧不再重演,她特别重视对学生们进行自救教育,就编了一套游戏,用阿拉伯数字代表一定的意思,不同的顺序,不同的语调意思都不一样。她让孩子们之间,孩子们和家长之间经常做这种游戏。最后,文老师喃喃地说:“没想到,十几年过去了,它终于派上了用场。”

乡里乡情

大宝和小宝是双胞胎，在城里做生意，很红火。昨天有人给他们打电话说老爹王树龙要到城里去打工给别人当保姆，他们马上开车从城里赶了回来。从上次跟爹吵了一架后，他们已经两三个月没有回来了。一来是生意忙；二来是娘生重病住在医院里，需要伺候；三来嘛，也是对爹有点意见。

他们大包小包带来很多东西。小宝顺手给了在一边玩耍的小健一包好吃的，小健调皮地给他敬了个礼。小宝问："爹，你怎么还没把小健送他姑姑家啊？"小健六岁了，他爸爸妈妈去外地打工好几年都不回来，也联系不上，小健就由他奶奶带着。奶奶年前去世了，小健就成了没人管的野孩子，王树龙就把他接到自己家里。王树龙叹了口气，"难呐，我去他姑姑家里看过，吃了上顿没下顿，小健去了连肚子都填不饱，更别说上学了。"

大宝发话了："爹，我们动员你到城里去住，你就是不答应，现在我娘眼看快不行了，您又要到城里去打工，还当保姆，故意让我们难堪是吧。您说说到底是我们哪里做得不好啊，你要是缺钱，就说一声。"

王树龙抱着头坐在沙发上，一句话也不说。其实孩子今天能够回来，他已经够满足的了，但是现在不知道该怎么讲了。大宝说："这么着吧，爹，咱讲个条件，你可以到城里去应聘保姆，不过要是试上几家，没有人愿意用你的话，你就在城里住下。"然后他跟小宝使了个眼色，他们心照不宣，就爹这样年纪的,人家谁会放心让他带孩子啊！小宝说:“爹,你可想好了,现在城里的小孩金贵着呢,你觉得人家放心让你看孩子吗?”

没想到王树龙却说:“你们怎么不知道没有人会用我,我又不是没有经验,东院你三婶的孙子还经常让我看呢,小健我带着也挺好。你们知道我就是喜欢孩子。城里已经有一家答应我去了,而且可以带着小健,就是给的工钱少点,可是再少我也得带着小健。”说着就到了里屋,捧出来个盒子,从里面取出个厚厚的本子。

大宝知道这个本子是爹以前写的拉扯他们弟兄两个成长的记录,类似于我们今天的“育儿日记”。但是又跟现在的“育儿日记”有很大的不同,一点也不详细,其实都是在他们弟兄两个成长中发生的一些事件。不过这也够让他们哥俩佩服的了。在他们二十岁的时候,爹把这个本子拿出来让他们看过,他们感动得热泪盈眶,从中感到了父母的艰辛。所以就下决心一定干出个名堂来,让爹娘过上好日子。王树龙说:“不光是我跟你娘辛苦,乡亲们也没少操心帮忙啊!”

大宝和小宝明白他的意思,这些年他们也没有亏待父老乡亲啊,为村里建了桥,还修了路,哪家有困难,他们也是尽力帮,难道这些还不够吗?

眼看到了中午,王树龙说咱到外面去逛逛吧,我心里有点堵得慌。于是他们父子三人就走出家门。村民们都热情地跟他们打招呼,并邀请他们到家里坐坐。不知不觉就到了村东头,来到李大爷家里,一进屋就感到一阵寒气扑来。哥俩皱了皱眉头,不用说床上肯定是冰凉冰凉的。小宝问李大爷怎么没有生炉子啊。李大爷跟李大娘蜷坐在床上,冻得直发抖。大宝心疼得上去给他们塞了塞被子,王树龙对两个儿子说:“你们帮着安装得这些暖气片,只热乎了一个冬天。当初为了这件事,你们可是上了报纸的,也当着记者的面表了态,说要保证让这些老人不受冻。”

回到家里,大宝跟小宝商量着今后每家再补充一吨煤。看爹没有表态,小宝就急了,“爹,您说怎么办啊?”

王树龙说:“我有个办法,不过得要你们配合。”小宝跟大宝面面相觑,他们明白配合是什么意思,是出钱啊,爹可千万别狮子大开口啊。

王树龙说:“孩子,帮乡亲们建个敬老院吧。”一听这话,小宝先跳了起来,“爹,您以为这是喝口水这么简单啊,这可是需要上百万的!”大宝也直摇头。

王树龙一看他们这样,就想发火,但最终还是压住了。他耐心地跟他们解释说村主任前两天来找过他,他们合计过了,建个像模像样的敬老院,把村里70岁以上的老人都集中起来住,白天在一起聊聊天,打打牌,晚上在一起看电视,粮食和油从自家带,再雇上几个人帮忙做做饭,照顾一下,这些人的养老问题就基本解决了。不过,除了建房和买里面的设施,他还要两个儿子每年再负责20吨煤。

大宝和小宝听了,都感觉这个点子的确不错。但是很快就说钱从哪里来啊,这百万块钱,也不是说拿来就拿来的,他们就想否定。可是爹却跟上一句:“这钱啊,我也不让你们额外拿。”

不用额外出钱?两个人都疑惑地看着爹。“这不可能吧?”

王树龙说:“我知道你们都很孝顺,你娘住院的这段时间,你们尽力了,她也知足了,村里人没有不夸你们的。可是再搞这么大的场面我看也没有什么必要。”

大宝和小宝都是聪明人,一听就明白是怎么回事了,一定是老爹听到了他们的计划。前几天,他们弟兄俩合计着,娘这一辈子含辛茹苦,不容易,所以他们要把丧事办得场面一些,他们计划每人拿出80万元来,并租下镇上最大的广场,还要聘请专业的策划公司。

大宝和小宝都默不作声。

一看这样,王树龙就把手里的本子递过来,说:“你们看看还是原先那一本吗?”大宝疑惑地接过来,往里一翻,的确不是那一本了。看里面的内容,字写得歪歪扭扭的,而且也不是一个人写的,还写着许多数字什么的。王树龙叹了口气,给他们说起那段往事,当时家里很穷,一下生下两个孩子,王树龙两口子都累到了极点,还缺吃少穿,关键时候,是街坊邻居给了他们帮助,东家几个鸡蛋,西家几斤小米,最令人感动的是村西头几户平时很少往来的人家怕他们做不上饭,竟然轮流给他们送蒸熟的大包子。尽管都是地瓜秧子和树叶子做的馅,但在当时就是山珍海味啊。当时王树龙就下决心今后要还他们,所以就想记个账,但当时他们忙得连记账的时间都没有,就让乡亲们自己记上,他们大多也就是这么应付着记两笔,这就是他们的记账本。王树龙越说越激动:“你们拿着钱这样折腾,不光乡亲们会戳你们的脊梁骨,就是你娘也会骂你们的!我先把话说前头,要是你们这么穷烧的话,以后就别想再回这个村里了,起码我活着的时候你们回不了!”

大宝说:“这样吧,爹,我们也不能全听你的,我娘的丧事虽说可以不大操大办,但是也不能太简易,把节省下来的钱建敬老院,不过你还得满足我们一个条件才行。”

王树龙一听有谱,赶紧表态说行,只要答应这件事,其他方面可以听他们的。包括不去当保姆。于是大宝就提了他们的条件,要爹今年下半年跟他们到城里去住。王树龙想了好大一会儿,最后还是答应了。“不过,我得带上小健,这孩子离不开我,留给谁我也不放心。”他故意把话说得很轻松,好像这个条件根本就不是条件一样,弄得哥俩连个反驳的余地都没有。他们扭头看看小健,确实很可爱也很可怜。小宝嘟囔道:“我们都成扶贫的了,养老的还得管小的。”王树龙也没生气,而是说这就像种庄稼一样,有力气就得多付出点。

两个儿子走后,王树龙来的村主任家里,高兴地说:“怎么样,还是我的计划好吧,我要不是说去当保姆,他们也不会回来。这下好了,我的条件孩子们答应了,小健的事情你也别操心了。"村主任递给他一把花生,说道:"吃点这个,养养你的胃。老哥,孩子个个都是好样的,他们什么时候也忘不了父老乡亲的。"然后劝道:"孩子们心疼你的身体,你也要领情啊。"

到了晚上,大宝给村主任打来电话:"二叔,我爹答应我们到城里来住了,他那一身慢性病该好好治治了。到时候我娘的丧事就由您来操办,尽量节省吧。"

其实,王树龙不知道,这好长时间不回家,都是大宝和小宝提前计划好了的。最近他们就是要设法跟老爹讲个条件,好让他来城里住,小时候都是爹和娘给他们讲条件,哄着孩子们好好吃饭,好好上学,现在要反过来了。他们也早就跟村主任商量好要建一个敬老院的,不过他们原计划只是投60万块钱的。

半个月后,母亲去世了,丧事是在村里办的,总共花了还不到两万块钱。大宝和小宝光顾着哭了,至于怎么办的,都是由村主任和王树龙说了算。等下葬完了,大宝和小宝多少表示出不满。爹对他们说:"孩子,你们看看电视吧。"正好是新闻节目,说大兴村里的两个富翁兄弟对母亲生前很孝敬,母亲去世后也不显摆。电视里号召更多的有钱人向他们学习。原来,这几年,对婚事和丧事大操大办的现象很普遍,而且已呈互相攀比之势,他们正好树立了一个榜样。"电视台怎么知道的?"他们不解地问村主任。村主任说:"问问你爹吧,这都是他的主意。"爹就说了一句话:"别人都说你们是成功人士,你们就该这么做。"

这几天报纸上和网络上都对这件事情进行了深入报道,一时间好评如潮。弟兄俩的生意也受到了很大的影响。当然这个影响是正面的,订单比以前多了好几倍。弟兄俩合计着不光增大对村敬老院的投资,还计划拿出一部分钱来给贫困地区的孩子增加营养。他们这才明白:有爹在,就不能离开他,爹永远都是他们的后盾。

刀剑恩仇

今晚月明风微,屋里不时传出几声争吵。自从师妹枫鹃回来后,师父凌凡就多了一份惆怅。

穆远还记得师妹以前是多么乖巧,不过就在她武功即将有建树的时候,却突然提出要下山求学。这在当时是不可思议的。读书？读书能当饭吃？尽管一劝再劝,但她还是不辞而别。一晃四年过去了,小丫头成了亭亭玉立的大姑娘。此时他依稀听见她跟师父凌凡的话:“……他怎么会故意杀死我娘呢……我就在跟前啊……”

穆远静下心来练武,不敢懈怠。师父的师弟严茨就是他们的敌人,一场你死我活的较量就要爆发了。忽然,师妹闪出,他刚要上前,师妹却向山林中跑去。穆远要追,师父一把按住他的肩头。师父抽出剑练了起来,看不到剑影,只听到“呼呼”的风声。

须臾,师父把穆远叫进屋里,严肃地说:“远儿,现在支持我们的有两派,不过支持老贼的也有两派,我们还要争取风雷派的雷千钧大侠。”穆远却初生牛犊不怕虎,说道:“师父,老贼就在泰山脚下,我一定让他死无葬身之地,为师母报仇。”师父却没多轻松,取出一把宝剑,轻轻擦拭,只见几道亮光闪过。他知道这就是碧云雄剑。师父说:“你该用它了,以你的武功,已很难碰到敌手,当然要想决胜还需夺回碧云雌剑。”穆远两眼如炬,保证道:“我不会让您失望的。”师父点点头，说：“如果有紧急情况我就把它埋在老枣树下面。”穆远非常疑惑。

这天回来，他打开师父的房间，里面狼藉一片，师父不在。他心头一惊，急忙在老枣树下挖了起来，一道寒光袭来，果真是碧云雄剑。看来师父是遭到了不测。他大步流星地朝东走去，他要到泰山脚下。师父一定是被严茨绑架了，严茨是江湖有名的狠手，从不按规矩出牌。

穆远来到一个树林，猛然听到有人呼救。循声望去，几个泼贼正在调戏一个女子。穆远喝道：“住手！”泼贼们正在兴头上，哪容他插手啊。穆远一扬手，几个人已经仰翻在地，只见那女子赶紧拿起地上的布幔，遮住脸庞，惊慌离去。走出树林，是一个被小河环绕的小村子，风景秀丽。这时敲锣打鼓出来一队人，领头的老者自称是雷员外，鹤发童颜，说道：“英雄救了我家姑娘，请到家一叙。”穆远忙推辞，人家却执意要宴请他。席间，穆远大夸村子的安逸祥和。众人叹道：“过不了多少好日子了，武林要争斗，方圆数百里都难安宁啊。”穆远禁不住心里一颤。

临行，雷员外拿了些银两。穆远一拱手说道：“老前辈，您这样就看不起我了。”闻此言，雷员外敬佩地看了穆远一眼，欲言又止。转身离去时，穆远也不由得替众乡亲悲哀，不久将上演的杀戮会让这宁静的小村独善其身吗？

此时应是武林各派向泰山集结才对啊，怎么如此平静呢？难道师父已经……泰山的轮廓已经在面前。突然，一对人马从斜处杀来，将他团团围住。他知道这是一些惹是生非的泼皮在兴风作浪。于是他手起剑落，几个倒霉蛋已经脑袋搬家。他不想恋战，人却越来越多。穆远只好抽出碧云剑。犹如暴雨袭来，很多人被削倒。但是头顶大树上，一面铡刀正直直地对着他的头切下来，紧要关头，只见一个身影腾空而起，将半空中的铡刀“当啷”踢飞。然后一阵抛撒，顿时下起了核桃雨，一群人被击中头部落马。穆远见是一位老人相救，不禁暗暗佩服他的武功。只见老人又一个旱地拔葱，将几个还在马上观望的家伙扫了下来。老人转身离去，穆远紧追不舍。

忽然他看见老人一条腿略跛，他禁不住吸了口凉气，这不是做梦都在寻找的严茨吗！来不及多想，他大喝一声，一个鹞子翻身，像山一样立在严茨的面前。“老贼，拿命来！”挺剑便刺。严茨只好还击。可是严茨的剑总是软绵绵的，他明白以自己的武功对付严茨，是非常吃力的。他瞅准严茨的一个破绽，左扑右挡，严茨的左臂便暴露在他的剑下，机不可失，只需要自己的剑往前一挑这个人就被废了！积攒多年的愤懑，像山洪一样爆发出来，忽然手腕被击了一下，他剑锋一偏。一个身影已经来到他面前，此人虽然脸蒙布幔，但也露出一些轮廓，这不正是自己搭救过的那位女子吗？她却搀起严茨就跑。

终于，在一排整齐的石头房子旁边，他们停下脚步。姑娘脸上的布幔徐徐去掉，让穆远喷血的是面前竟是自己朝思暮想的师妹枫娟！没错，飘逸的秀发，漂亮的脸蛋。他浑身发热，激动、疑惑，各种情感夹杂在一起。他喊道：“师妹，他是咱的仇人啊！”此时，一个声音传来：“远儿。”穆远大惊，不知什么时候师父竟站在身后，他喜出望外。师父看到面前的严茨也愣住了。“师父，快来对付老贼！”然而师父却叹了口气，眼神怪怪的，转身向石屋走去。

进了屋，穆远问师父怎么会在这里，师父苦笑着说：“我被她绑架来的。”穆远疑惑地看着师妹，问：“为什么不报仇？”师父缓缓地说：“我给你讲个故事吧。”

师父说：“同出一门的师兄弟为夺得对方手中的剑而起杀机，在一个满月的晚上，面对打上门来的师弟，师兄奋起还击，两人打得天昏地暗，师兄的妻子前来劝解，但是两人已失去理智，师兄竟神使鬼差地把妻子往前轻轻一推，正好撞在师弟的剑上，顿时血流如注，气绝身亡。师兄像疯了一样，逢人便讲师弟恩将仇报，将师父的女儿杀死，以博得武林人士的同情。江湖上最痛恨这种小人,况且她是一个绝色美人。”穆远看着师父,问:“师父,难道,是说你们?”师父郑重地点点头。穆远不相信。枫娟小声说道:“没错,当时我就躲在一边。”

这时,只听“咔嚓”一声,师父已经用右手击在了自己的左臂上,左臂垂了下来。“我就是用它把你娘推出去的。”穆远和枫娟哭着扑了上去。

与此同时严茨也进来了,扑通跪下,说道:“我对不住你们。”枫娟大叫道:“师叔,你的胳膊。”严茨的右臂也无力地垂着。严茨说:“孩子,你就让我好受一回吧。”这时他也看见了师兄的断臂,两人百感交集。

看着严茨,又看看师父,穆远大声喊道:“你们这是唱的哪一出啊!”师父却把枫鹃往前一推说:“你问她吧。”枫鹃说:“没错,是我把爹迷倒后用马车弄到这儿来的,我也在你来的路上使了个小计谋,就是让你知道人们是多么愤恨无休止的争斗,难道这就是练武之人最终追求的目标吗?”

严茨说:“是啊,我们能有今天,多亏了枫鹃。另外,师兄捎给我的那些求和信,我每一封都读过,开始不以为然,后来也不免心动,只是虚荣心在作怪,所以都没有回。”师兄心里一震,说:“信?我没有给你写过信啊,我倒是收到你的五次信。”两个人同时看着枫娟。

这时,一个雷鸣般的声音传来:“是我的手笔。”“雷大侠!”两人叫起来。“老伯,您可来了。”枫娟说着过去拉住老者的手。穆远惊呆了,这不是雷员外吗。雷千钧笑着说:“没错,那些信都是我假借你们的名义写的。实话说,要不是我们的安排,你们一年前就打起来了。”三个人都疑惑地看着雷千钧。“是我和枫娟从中周旋,使你们的力量总是保持平衡。”接着,他转身对穆远说:“你是一个很有良知的青年,那天我说江湖上的争斗就要开始了,我分明看到了你深深的忧虑。这就是武林的希望啊。”

雷千钧说:“来,我给你们治治胳膊。”凌凡说:“我们是用师父传授的‘卸灵功’击伤的,没有再复原的可能。”雷千钧却哈哈笑起来:“你们的师父只教给你们怎么伤胳膊,却教会了我怎么治好胳膊。"

二人惊讶问道:"你认识我们师父?"雷千钧回答说:"我们是至交,以前每年都要在泰山顶小聚,切磋武功。他做得最大一件错事就是不该把雌雄剑给你们每人一把,他以为这样就保持平衡,武林就和谐了。"说着话的时候,雷千钧已经三下五除二就把两人的断臂复原了。

第二天,几个人登上了泰山。站在山顶,都被她的巍峨震撼了。从山上下来,凌凡说:"我们把两把剑化掉吧。"穆远沉默着,这两把剑可是师父的师父用了三七二十一年才铸成,同时拥有了它们就能称霸武林,为了这剑,多少人付出了生命。

严茨说:"师兄,我们就用它们来打造一张犁吧,一定锐利无比。"看着剑在炉中烧,穆远说:"这应当是武林的一大喜事啊。"严茨说:"还有一大喜事呢!"穆远问:"师叔,还有什么喜事?"严茨笑了笑,指着枫鹃说:"你问她吧。"穆远刚要问,枫鹃却脸蛋绯红,跑开了。穆远不解的看着师父,严茨说:"傻瓜,难道你们两个就一直单身下去?"

呀!幸福来得如此快,他还以为两人之间早就没戏了呢。

婚后,穆远问过枫鹃:你是怎么想到要让爹和师叔和好的?枫鹃回答道:"这就是学习文化的结果。看你以后还敢小瞧读书人不?"

手机“残废”的日子

昨晚,大家通过电台接到了一个通知,那就是因为天气和技术升级的原因,三天内暂时无法接受到任何手机信号。很多人听到这个后,不以为然。以前没有电话没有手机,不照样过吗?何况现在还有固定电话啊。

一

不过这首先让马上就要结婚的马晓吉感到极大的不方便。他要自己的女朋友一刻不停地守在家里的电话旁边,有什么事情好及时沟通。然后他又叫了辆出租车,司机是罗师傅。他们来到一家豪华大酒店,想在这里订婚宴。不巧,经理正好出去了。他向服务员提了很多要求,可是服务员说做不了主,得找经理。“那你赶紧给经理汇报啊!”马晓吉催促道。服务员把两手一摊:“先生,手机打不出去,你让我到哪里去找?”“那他什么时候回来?”服务员说不知道。没有办法,马晓吉只好放弃了这家酒店。不过,当经理回来听说这件事后,非常生气,这么大一笔生意,竟然没有留住,于是一气之下把当时值班的六个服务员全都解聘了。这几个服务员感到委屈,就到政府部门去上访。政府部门看事态严重,抓紧联系经理,让他来解决问题,可是经理恰恰又有事出去了。酒店派出十几个人去找,最终没有找到。因为造成了严重影响,市政府撤掉了一个分管领导,并对酒店做出了严厉的经济处罚。

再说马晓吉，来到另一家酒店，事情办得很顺利。可是他出来的时候，却发现罗师傅不见了，自己的包还在上面呢。他焦急地去找，最后发现罗师傅正在路边树下面凉快呢。马晓吉埋怨了他几句。罗师傅说那边不让停车，我就只好到这边来等了，不过你可以打我手机啊。马晓吉说你别给我提手机，手机能用的话，我还用这么着急吗。罗师傅这才恍然大悟。接下来，马晓吉让罗师傅一刻也不能离开自己，否则还得耽误事。罗师傅嘟囔道："我这不成你的保镖了吗！"马晓吉说我多给你钱还不行吗？话虽这么说，但想想因为手机不能用，要多出钱，心里很不痛快。但结婚是大事，来不及计较这些了。

他们到了商场去买婚纱。需要什么颜色的呢？马晓吉一下犯了愁。他想赶紧打电话，于是来到一家公共电话亭，我的妈呀，队伍都排了好几公里长，要是按照这速度，得等到天黑。没有办法，就坐上车到几十里外的女朋友家里去问，外面大街小巷跑的出租车比平时多了好几倍，拥挤异常。

女朋友刚刚出去，倒是见着了她的妈妈，她妈妈也不知道女儿喜欢什么颜色的，商量来商量去，决定还是买红色的吧。马晓吉刚走，女朋友竟然从家旁边的公厕里出来了。手里还拿着手机，正在玩游戏呢。当得知马晓吉给她买红色婚纱的时候，她哭了，说自己最喜欢白色的。可是又有什么办法呢？她最终联系上马晓吉是在晚上，当时婚纱已经买回来了。女友威胁说要是不去调换，这婚就不结了，害得马晓吉第二天又赔了部分钱才调换成功。他发誓一定要等手机有了信号后才结婚，否则还不知道会发生什么事情呢。不过，这请柬已经发出去了，要是更改婚期，该怎样通知数百个亲朋好友呢？他一直考虑这个问题，为此患上了严重的失眠症。

二

短短一天,出租车司机罗师傅就挣了一千多块钱,这真是从未有过的。这不,他今天又揽了个活,送一个人去火车站。这是一个中年人,一路上经常把手伸进口袋,随即又拿出来。原来他想看时间,由于手机没有信号,他想拿着也没有用,干脆就放在家里了。直到上了出租车,他才知道自己犯了个严重的错误。多年来,养成了一种通过手机看时间的习惯,现在要赶点,还要赶到车站找电话给朋友联系,就得知道时间。于是就问罗师傅,罗师傅也没有戴手表的习惯,所以需要从兜里掏出手机来看。要是这么一次两次的也就罢了,可是这个乘客竟然每隔几分钟就问一次,弄得罗师傅非常烦,说道:“大哥,我这是在开车,不是喝茶,麻烦你有点安全意识好不?”没想到这个乘客也不是省油的灯,吼道:“不就是看个时间吗,你急什么急。不知道乘客就是上帝吗!”罗师傅干脆把车一停,“请你下车,我不拉你这个上帝了,爱上哪告就上哪告去。”两个人你不让我我不让你。最后,乘客果真下了车。下车后他大声喊道:“你说好好的,停的什么信号呢。”他想赶紧去买块表。

再说罗师傅因为刚吵了一架,闷闷不乐的。后来又一块上了两个乘客,拉了十多里路,他们下了车就要走。“小兄弟,还没给钱呢。”可是两人好像没有听见一样。罗师傅急了,就出来追赶,没想到正好中了两个人的圈套 。他们一左一右把罗师傅给按住了。罗师傅害怕地说:“你们要,要干什么,在派出所旁边也敢打劫?”两个小子笑了,说:“派出所就在跟前,你打电话叫警察啊! 叫啊!”罗师傅一下子没了脾气,但还是下意识地把手伸进了兜里,掏出手机。两个劫匪看着他手里的手机,挑衅道:“快打啊……打啊,110,让你警察大爷来救你。”罗师傅攥着手机连死的心都有。不过,瞅准劫匪分心的一刹那,他用自己那个老式大手机朝一个人的头上狠狠砸去,只听一声惨叫,那人晕了过去。另一个见势不妙,逃之夭夭。有路人跑到派出所去报案。警察来后,从劫匪身上搜出来两把尖刀,再看看地上的手机碎片,一个警察说:“多亏你身上带着这个大家伙。”罗师傅说:“多亏手机没有信号,否则歹徒早就给我没收了。”

三

罗师傅惊魂未定,就接到了公司王经理让人捎来的口信,让他去一趟。他想坏了,可能被乘客投诉了,当然也可能公司知道自己被劫持的事情了。于是赶紧开车回到公司。到公司一问,经理并不在班上,这才想起,经理让他去家里一趟,可能经理用车。可是经理自己有车啊。来不及多想,他马上调转车头,来到经理家。

一见面,王经理就问了今天出车的情况。他大体说了一下今天的惊险经历。王经理给他拍了拍身上的尘土,安慰了他几句。他这才发现经理的气色很不好。经理从桌上拿起一叠纸,说:“我好久没有见着老婆了,她经常下乡,这手机也打不通,所以只好写信了。你现在赶紧帮我把这封信寄出去。

原来是这事啊。罗师傅说放心吧。然后问这信你怎么不装进信封里?王经理说这都多少年不寄信了,家里面哪有信封啊。你到邮局去买吧,别忘了贴邮票。罗师傅开玩笑道:“你就不怕我偷看你给嫂子的情话?”王经理说你看吧,老夫老妻了,哪有什么情话。

其实还真让罗师傅说准了,这信里还真有很多王经理写给老婆的情话。可经理怎么想起来给老婆写情话了呢?事情是这样的。王经理的老婆在下面的县妇联工作,也就是说他们是两地分居。这难免让正处在虎狼之年的王经理难以忍受。于是就跟一个出差时认识的外县女子有了些许感情,没想到有一次被老婆抓住了,他当场发誓一定痛改前非。老婆原谅了他。其实他并没有中断跟小情人的联系。他们除了网上联系,就是发手机信息。这几天他跟小情人闹了点矛盾,小情人威胁说如果不真诚道歉,就拜拜。怎么算真诚道歉?想来想去就开车到她那里去度过了一个浪漫良宵。可恰恰此时老婆回来了,满世界找不到他,后来听说他去外县了。于是就气愤地留下一封信走了。王经理回到家里,看了老婆的信,再看看满地跑的儿子,想想前前后后自己的所作所为,顿生悔意。于是就提笔给老婆写了这封悔过书。在写的过程中,想到跟老婆恋爱的那些美好时光,想想这些年老婆的无私付出,竟然越写越感动,洋洋洒洒写了上万言。他相信只要老婆的心不是石打的,就一定会再次原谅他。后来,老婆果真再次原谅了他。两人和好如初。王经理想幸亏手机没有信号,否则也想不起来写信。可要是不写信,电话里能解释清楚吗?不吵起来才怪呢。到那时候,这婚不离也得离了。

四

等第三天一大早,人们打开门,才惊奇地发现,地上铺满了手机的碎片。原来电台告知大家,手机信号可能一时还难以恢复。于是很多气急了的市民,再也控制不住情绪,一个个把手机给砸了。可正在这时,不知谁喊道:“有信号了,有信号了!”于是很多人大叫:“我的手机,我的手机!”

第四辑

寻你千百度

第四辑

寻你千百度

事故现场

临近中午,吴大爷蹬着他的三轮车匆匆忙忙赶路,刚准备拐弯,一辆小汽车也从对面拐了过来,速度很快。吴大爷一下慌了,方向转了好几下,然后只听“咯噔”一声,三轮车撞在了旁边的石牙子上,侧翻了过去。小汽车也一个急刹车,停了下来。

从车上下来一个年轻人,二话没说,指着吴大爷一阵猛训:“你这是怎么骑的车,你会骑车吗,拐弯都不知道让一让。”吴大爷很委屈,心里想是你的车开得快,我都差一点摔倒,还怪我呢。可是司机后面的话让他把想说的都噎了回去。“你说怎么办吧,车刮坏了。”说着一指自己的小汽车。吴大爷看了一眼,立即就被吓傻了。在小汽车侧面,果真有一道划痕。可是自己的三轮车没有跟小汽车亲密接触啊,怎么会划到它呢。难道自己看花眼了?他一句话也不敢多说了。司机继续说:“大爷,您老人家看好了,这是一辆大奔,光这道划痕就要花几千块才能补好呢。”

吴大爷心里一哆嗦,几千块钱,这对他来说可是个天文数字。自己光保持沉默不行啊,于是他大着胆子争辩道:“小伙子,你这车不是我撞的,刚才三轮车根本就没有碰到它。”司机一下子急眼了,说:“不是你撞的,难道是我自己划的?要是不说个明白,谁也别想走。”说着就要过来拉吴大爷。吴大爷“扑通”一下跪倒在他面前,大声说:“小伙子,行行好吧,放过我这一次,我真没这么多钱。”司机一看，往后退了几步，任凭吴大爷跪在地上。“你这样也没用啊，该赔的钱还得赔，我又不是讹你。”吴大爷眼泪都要流出来了。

这时，从北面过来几个姑娘，见状忙问怎么回事。司机就把刚才的事情讲了一下。吴大爷在那里抹着眼泪，一直说都怪自己太匆忙，老糊涂了。一个姑娘对司机说：“何必难为一个老人呢，让他起来吧。”司机有点不高兴了，说道：“我怎么难为他了，是他自己跪下的，再说了要不是他撞我的车，会跪下吗？撞了就得赔，这天经地义。我没做错什么吧。”

另一个姑娘跑过去拉吴大爷，然后把他扶到路旁的大树下面，并对着司机说：“听起来你是没做错什么，但你这样做太过分了，真是他撞了你的车，看着他这样，你心有何感？谁家都有父母，你的损失我们来赔，你说多少钱吧。”

司机说道：“多少钱你们还没数？这大奔车是闹着玩的吗。”这个姑娘随即从兜里掏出来一沓钱，两个同伴也倾囊相助，最后凑了一千多块。“这些不够的话，你就自己想办法吧，总之，这大热天的，别让老人这样了。”一个姑娘递过钱说道。其他一些过路人也都纷纷指责司机，并对三个姑娘的行为表示赞赏，还有的竟然鼓起掌来。司机也有些脸上挂不住了，把姑娘拿钱的手往回一挡，争辩道：“我也不是非要他赔，但是他得承认才行啊，这把年纪了，敢做不敢当。”最后非让吴大爷签了字承认是他撞的车，还要写上联系电话。说这样好找保险公司。别人不让吴大爷签，劝他不行就报案。吴大爷想了想说自己还有急事，反正也不让咱们赔钱了，就算了，签就签吧。司机收起签字纸，匆匆拉开车门开走了。

几个姑娘把吴大爷扶到车上，吴大爷一个劲地表示感谢，说自己的一个老乡住院了，得赶紧去看看。她们一再叮嘱吴大爷别把这件事情太往心里去，好好骑车，吴大爷抹了一把脸，满含感激地说道：“会的，会的，你们真是好人呢。”

二

吴大爷跟一帮老伙计是从老家过来应聘当清洁工的，平时都是互相照顾。这不，他刚刚把自己的路段扫完，连水都没来得及喝一口，就接到了一个电话，说王木明让车给撞了，已经送往医院。他二话没说，就急匆匆往医院赶，心里念叨着可别出大事，可别出大事。王木明是自己劝着出来的当清洁工的，要是有什么不测，怎么向他家人交代啊。

医院里，王木明已经进了手术室，几个老乡焦急地等在外面。“他没事吧？”吴大爷问。大伙说幸亏王木明的命大，只撞了腿。要是车再轧得往里一点，就完了。“是谁撞的，报警了吗？”他急切地问。一个老乡说报警是报警了，可车跑了，交警正在追查。吴大爷说这还不好办，到处都是摄像头，看他往哪里跑，逮住非得罚死他，让他这么没人性。想想自己刚才的遭遇，他对这些无良司机充满了愤恨。

等了两个多小时，王木明的手术终于做完了，双腿都是粉碎性骨折。医生让去交钱。这些老乡们就一个个回去取钱，大家先凑一凑住上院再说，并赶紧联系了他的家人，还有一个人去交警队探听消息。

快黑的时候，从交警那里传来了一个坏消息，说虽然有摄像头，但是因为角度不好，拍得并不清楚，更糟糕的是肇事车辆的车牌号被用一个写有“百年好合”的红纸遮挡住了。只能大致看出车的颜色，连汽车的品牌也很模糊。从这个摄像头消失之后，这辆车就再也没有出现，估计是拐小路走了。随后交警们又去各汽车修理厂，也没有找到有价值的线索。

这下大家可犯了难。要是抓不到肇事车，王木明住院治疗都成了大问题。这可不是一笔小数目。

三

这几天在网路上突然流传出几张照片，主题是：最美姑娘帮老人赔偿损车钱。上面就是那天几个女孩跟奔驰车司机理论，并扶起吴大爷的情景。照片一登出来，就吸引来众多人的目光，赢得无数赞誉。

这样的事情，每天在网上会出现好多，让每个人心里暖暖的。不过这几张照片还吸引了另外一个人的目光，他就是交警队的刘警官。他正好负责处理王木明被撞的案件，他也是偶尔看到了这个新闻的，但是打开照片的一刹那，他就有一种莫名的兴奋。因为照片上的那辆车太熟悉了，灰色，也是用“百年好合”遮住车牌号，车型也基本一致。通过照片，确定这是一辆奔驰车，这样搜索的范围就缩小了很多。另外再加上照片上的这名司机，情况就更加乐观了。

果不其然，经过三天的紧张排查，终于在一个县城里找到了嫌疑车辆，司机的名字叫严伟河。面对交警的询问，严伟河却说自己从没有碰过人，至于车上的划痕，是一个老头骑着三轮车撞上的。“就是这个人。”他指了指照片，“这里还有他的签字呢。”说着就拿出了那张签字纸。刘警官按照上面的号码打过去，却被告知关机。“这是怎么回事？”刘警官问。严伟河说他也不知道，但是从这个照片上你也看出来，确实是他剐蹭我的车的。要不他也不能跪着跟我求饶啊。“你还好意思说，你这样做对吗？”刘警官训了他几句，严伟河说是他看着我的车贵重赔不起才跪的。

但是找不到照片上的老人，刘警官也无计可施了，只好留下他的联系方式，让他先回去。正在这时，吴大爷来打听案件进展情况，正好碰见严伟河往外走，与此同时，严伟河也看见了他，上去抓住他的手说：“大爷，您可来了。快来跟我做个证。”说着就把他领到了刘警官面前。

可是吴大爷却说那车根本就不是他的三轮车撞的，事后自己反复想，当时他的三轮车是碰在路边石头上,往右歪的,而汽车却是在左边,所以根本不可能撞到汽车。严伟河笑着说:“大爷,您这么大年纪了,怎么还撒谎呢,是您的三轮车撞了我的汽车后才歪倒在地上的,连您的签字都有,怎么还抵赖呢。要不咱可以做划漆鉴定啊。”吴大爷说:“是你赖人在先,当时我也是被你吓糊涂了,鉴定就鉴定。”刘警官心里明白,因为前几天下了几场雨,如果吴大爷车上真有刮漆的话也早被冲刷干净了。

四

现在需要做的是找到那个在网络上发照片的人。刘警官通过各方面的关系,最后终于查到了,是住在附近小高层上的一个青年人。那天他站在家里的阳台上往下看,发现路边的树上有个鸟巢,一只大鸟正在给小鸟喂食。他感觉挺有意思,就拿过数码相机录像,正好把小汽车跟三轮车相遇的场景录下来,后来,他又看见几个姑娘来解围,赶紧抓拍了几张照片,越看越感人,就发在网上。刘警官说明了来意,让年轻人拿出照相机,年轻人说我刚把视频删掉。刘警官一怔,不过年轻人接着说没有关系,几分钟前我已经传到网上去了。刘警官让他打开电脑,视频很清楚,他打到慢镜头,经过仔细比对,确定吴大爷的三轮车确实没有碰到汽车。刘警官把录像拷贝下来,回来拿给严伟河看。

严伟河一看这个,就慌了神,腿也不由自主地哆嗦起来,嘴里却连说不可能不可能。刘警官把这些看在了眼里,严厉地指明了事情的严重性,问他是自己说还是让警察继续寻找证据。看再也隐瞒不住,严伟河只好说出了真相。

原来那天,他在路上超速行驶,撞倒了一个清洁工,知道路上会有摄像头,就拐上了一条小路。下车一看,车上有道划痕,于是心生一计,就导演出了一场跟吴大爷擦碰的闹剧。这几天他一直没有把划痕修补上,就是知道交警迟早会找到他。所以前几天当网络上出现那几张照片后，他没有一点惊慌，竟然盼着警察早点找到他，赶紧把事情解决了。可是万万没想到，吴大爷不仅不承认，而且竟然还有人录了像，看来自己是聪明反被聪明误。由于涉嫌交通肇事并逃逸，严伟河被拘留了，等来的将是非常严厉的惩罚。他的家人赶快拿出钱来给王木明治病。吴大爷这才心里一块石头落了地。

不过事情并没有完，帮助吴大爷的几个女孩被人认了出来，她们那天是去一个公司应聘的。当老总在网络上知道了事情的经过后，被她们的善举所感动。决定破格录用她们。而吴大爷他们这些被称为"城市美容师"的人，也受到了大家的关注，他们艰苦的生活环境和高强度的工作量让网民们热议。这不，有关部门表态说中秋节不光给他们发月饼，还准备了红包，而且冬天还要为他们送棉大衣，烧热汤喝。

夏季相约

一

八岁的小华挎着篮子，漫无目的的沿着村后的小树林边走，篮子里散放着几株小草。而树林边，草长得到处都是，她却不停下来拔。奶奶的话好像被她忘到了九霄云外。奶奶说到天黑你要是装不满篮子，就别回来吃饭了。小华来到村外的河边，河水潺潺，水草丰美。她往河对岸张望，却看不到边，她试了试从石头上过，石头在脚下滑动了一下，差点把她摔倒。她吓得赶紧倒回来。

小华又挎起篮子，回到村里。走着走着，就到了村西头，看见一个爷爷正在那里忙着扎篱笆。爷爷手里的竹竿歪倒了，小华快步跑过去捡起来，递到爷爷的手里。爷爷笑了笑，向她感谢。爷爷问我怎么不认识你呢，你叫什么名字。小华说了自己的名字。爷爷想了想，又问你爸爸叫什么。“王大林。”小华声音很干脆。“呵呵，是大林的女儿啊。”爷爷停下了手里的活，用毛巾擦了一下脸上的汗珠。“你爸爸在哪里干活?“浙江。”小华张口就来，她有点疑惑：“你怎么认识我爸爸啊?”爷爷回答：“你爸爸是我的学生。你见着他一提王文国老师，他就知道了。”稍微一愣，他紧接着问你怎么没上学，今天不是周末啊？小华说：“我不上学了，我们村好多小朋友都不上学了。这都快一年了。”爷爷忙问为什么，小华说：“我们村里的小学不让招生了，学生都合到镇上去了。我奶奶没法领我过河，所以我就不上了。”

王文国不再说什么，而是放下手里的活，一路小跑来到村南头的小学。他对这里太熟悉了，他曾经在这里上了20多年的班。虽然已经离开十年了，但一草一木他都还记着。

小学的门没有上锁，但没有他熟悉的读书声，而是羊咩咩的叫声，还散发出羊尿的味道。他走进去，里面圈着十几只山羊。“这是谁啊，是谁在招惹我的羊？”身后传来一阵火急火燎的喊声，把他吓了一跳，回头一看，却是刘三嫂。“大兄弟，原来是你，不是进城跟儿子享清福去了吗，来这里干什么？”王文国笑了笑说：“不愿意在那里待了，还是家里的空气好。我听说这学校关门了，是真的吗？”刘三嫂说：“是啊，弄得孩子们都没法上学，我看这院子不错，就把羊赶进来。要不，到家里去坐坐？”王文国说算了吧，还有事情呢。

他又去找村主任。一路上，看见好几个十来岁的孩子要么在树林边打猪草，要么在地里放羊。一个个滚得就像泥猴。这让他很揪心。村主任跟他年龄差不多，对他还是非常尊重的，村里人都尊重他。他问村主任小学关门的事，“难道就让刘三嫂一直养羊？”村主任说：“你要养鸡也行，听说你正在修鸡舍？”王文国跺了跺脚，说道：“我不是那意思，还有那么多孩子没法去镇上上学，我们不能让它关门。村主任这才明白怎么回事，说：“王老师，这咱可做不了主，得上面说了算，话又说回来，您都退休了，管这个干什么啊。”王文国说孩子上不了学，心里挺难受。

二

王文国从十六岁就在村里当代课老师，在42岁那年，他退休了。不，是被辞退了。不过，他从来都对人说自己是退休了，尽管从没有领过退休金。当时一次性补给他三千块钱。之后他就去外地打工。先是在工地上干建筑这样的重活。因为一次事故,他的左胳膊受了伤。就改行当了保安,后来又干过超市营业员、给人送货,帮人卖过鱼,最后又到了一个废品收购站。

他儿子在城里娶妻生子,老伴就到城里帮他们带孩子。前段时间,他去儿子家住了几天,儿子和儿媳妇都说你年纪大了,不能再在外面干了,要不就在城里住下吧。他看儿子日子过得紧巴巴的,不愿意给他们增加负担,执意要回来。不过,临来之前,老伴交给了他一个重要任务,那就是管理好家里那些鸡,好让孩子吃上正宗放心的土鸡肉。他打了个包票,表示一年养百十只鸡没有问题。这才回家不到半月,村里的许多事情他还不清楚呢。

可是现在他怎么也没有心情建鸡舍了。他想了整整一晚上,第二天一大早就先骑自行车,走了二十多里的山路到镇上,再坐车来到县城。他要找教育局问问。教育局的张局长是他一个同事的远房亲戚,见过几次面,也不算太生疏。

张局长见到他很惊奇,以为他是因待遇问题来上访的,问道:"老王,你不是已经退了吗,有什么事情?"王文国说:"局长,出大事了。"张局长吓了一跳,忙停下手里的工作,给他倒了一杯水,问有什么大事。王文国说:"孩子上不了学,算不算大事?"就把村小学撤并,孩子失学的事情说了一下。张局长这才略微轻松了一下,说道:"为了整合教育资源,提高教育质量,村小撤并这是大势所趋。"王文国不满地说孩子连学都上不了,还谈什么提高教育质量呢。

张局长劝他别生气,然后耐心跟他解释。可是他根本听不进去,等张局长讲完了,他大胆说出了自己的想法:想把学校再开起来,让那些在家里的孩子来上学。也不多要,就招这十来个孩子。

张局长的眼睛当时就瞪大了,说道:"王老师,这办学可不是干小卖铺,说开就开,说关就关的,要走一系列的程序。"本想靠这句话能让王文国知难而退,没想到他紧接着问需要什么样的程序。张局长见跟他做不通工作,只好说自己还要开会，让他先回去吧。

出了教育局，王文国没有回去，而是在路边小摊上吃了点饭，准备下午继续找张局长。来一趟太不容易了。见时间尚早，就来到旁边的一个书店，边看书边等。他想起自己打工的时候，见废品收购站里有很多好书，就跟老板商量，把这些书留了起来，想回来捐给学校让孩子们看，总共有三大包。这三包书跟着他舟车劳顿，千里迢迢。可是想到学校关门，孩子们无法看到了，他心口又疼了起来。

下午，他再见到张局长的时候，把张局长吓了一跳，以为他早回家了呢。张局长问你何苦呢，像你这样的代课教师月工资也就是百十块钱。王文国说："要是图钱的话，还不如在家里养鸡呢。这些孩子要是不上学，不就成了小文盲、小傻瓜了吗，我们要做他们的天空，撑起他们的未来。"

张局长说可以跟有关部门商量一下争取把他村后面的桥修一下，孩子们上学就方便多了。王文国摇了摇头说那座桥打我孩子上小学的时候就已经在酝酿了，现在我孩子的孩子都上幼儿园了。再说就是桥修好了，离镇上还有将近20多里的山路，孩子们的父母大多在外地打工，爷爷奶奶也照顾不了啊。张局长就没什么理由了，一挥手让他去找镇里。等王文国刚一离开，他就把电话打给了分管副镇长。

三

王文国不认识分管教育的副镇长。但碰巧新上任的镇长是他以前教过的一个学生，是从邻村出来的。他把情况说了一遍。还好，镇长对大山有感情，对他这个老师和孩子们有感情，就跟分管副镇长进行协商，副镇长没敢提张局长的电话，只是说了一大堆困难。镇长摆摆手，叫他无论如何想想办法。副镇长无奈，把他叫过去，写了个申请书，盖上公章，让他交到教育局，并说我们也就这么大的权限了，批不批，最终要教育局说了算。这足以让王文国千恩万谢了。

眼看夜幕降临,再去县城肯定来不及了。犹豫半天,干脆奢侈一下,就找个宾馆住了下来。

第二天,他拿着申请书继续找张局长。张局长看了一眼就扔在了一边,说王老师这也不好办啊。要是学校开门,你一个民办教师是不行的,况且你已经被清退了,不,你已经退休了。王文国疑惑地问什么意思。张局长说教师得有教师资格证书,没有就是非法的。

这可说到了王文国的痛处,他哪有那玩意啊。不过他想了想说:“你的意思是只要找个有教师资格证的老师就行,是吗?”张局长点了点头。王文国说那好吧,我想想办法。张局长没说什么,心里却琢磨你就慢慢想吧,正式的老师会去你那里?

又一次回到镇上,镇长也表示爱莫能助。不过镇长的一句话启发了他,镇长说你可以试一下那些退了休的老师。这让王文国马上想到了一个人,于是急匆匆地往家里赶。这辆大金鹿自行车已经跟他几十年了,轮胎换了不知多少副,但主要部件都还一次没有换过,这车载着他走的山路估计能绕赤道半圈了。

他连自己的家都没有回,而是直接闯进王忠建的家里。王忠建是周围几个村里唯一的正式老师,他们共事了好多年。虽然没有正式退休,但是从几年前就一直病休在家。去年,因为学校合并,上级来人催他上班,一听说要陪学生住校,一星期才能回来一次,就拿出一大堆化验单,说自己的病还严重着呢。

问了问,没在家,家人说他到外面干活去了。

傍晚,王文国捉了一只最肥的大公鸡,又买了两瓶好酒,来到王忠建的家里。让王忠建的老婆赶紧杀鸡,说要跟老王好好喝一杯。王忠建也非常高兴,两个人有些年头没见面了。酒喝得差不多了,王文国说出了自己的想法。可是王忠建却一直慨叹自己的职称低,说当年一块转正的那拨人,都比他职称高,一个职称就是好几百块钱,同样上课,为何就比别人少这几百块钱呢。王文国说你就知足吧,好歹你是正式的,退休后还有保证呢。跟我比起来,那还不是一个天上一个地下。

王忠建打开了话匣子,说当年你要是跟我一块转正就好了,凭你的认真劲儿早干成高级或者校长了。你说你这十多年在外面打工亏不亏啊。王文国摆摆手:“说那些没什么用了,还是回到现实吧,老王,这次你还真得出山。”可是不管怎么劝,王忠建就是不答应。王文国只好说:“那我告诉你吧,老王,我去教育局的时候,听到人家讨论你的问题了。”王忠建果然沉不住气,忙问讨论什么了。王文国卖了个关子说也没什么,就是可能解聘部分常年泡病号的老师。王忠建问是真的吗。王文国说:“我骗你干什么,要是这样还不如自己主动些呢,起码还能落个工作积极的名声。”王忠建想了想就答应明天跟他一块去教育局。

张局长没想到王文国会这么锲而不舍,什么样的难题都让他给化解了,最后只得答应他。但是要求很高,责令他们迅速制定出各项计划,并要达到基本的办学要求。尤其是安全方面,张局长强调了一遍又一遍。王文国说您放心吧。我们都是这方面的行家了。张局长又说了几点,其中一条就是因为王忠建是正式的,所以学校由他具体负责,也就是行使校长的职权。每月一百块钱的操心费,由县里统一发放。每月十二号会跟工资一块打在卡上。王文国每月工资是210块钱,由三级负责,县里出80元,镇里出120元,村里出10元。因为筹集起来比较麻烦,所以每季度发放一次。问他们有什么异议吗,王文国连说没有没有,就签了字。王忠建又提起自己的职称问题,张局长说以后会关注一下。

四

王文国这几天就像吃了蜜一样,甭提多高兴了。跟王忠建分工,到各家去做工作,让孩子们做好准备,这几天就要上学了。孩子们甭提多高兴了。然后他又马不停蹄地去跑教材,因为孩子们没有订上书,所以只好到各个学校去找人家发剩下的。忙活了一天,总算弄齐了。他顺便买回来些笔和本子,还有红领巾。他把能想到的事情都尽量办好。说让王忠建具体负责,但因为这事是自己撺掇起来的,所以大事小事都由他来管。

刘三嫂听说要赶她的羊,连忙来阻止,她也以为王文国要养鸡。当王文国跟她说明情况后,她高兴地说行,这就把羊弄走,你们要是教好了学生就给你们宰羊吃。校园里的升旗杆不知让谁给挖走了,王文国到河边砍了一棵高大的杨树,临时当旗杆。又找木匠把那些少腿缺面的桌椅修了一遍,虽然村里出木料,但是光工钱就让他自己掏了五百多块。等这一切刚忙完,村主任来找他了,说有个孩子他必须得接收,他问谁啊。村主任说是铁蛋。这是个智障孩子,跟他奶奶相依为命。奶奶年龄大了,铁蛋都12岁了,光在外面跑,自己有危险不说,要是惹出个什么事来,可就麻烦了。"也就是看着不让他惹事就行,又不让他学多少东西。"王文国答应了,他知道这是一个很大的包袱,但再大的包袱也得背。本来计划只收十个孩子,现在要多招两个了,除了这个铁蛋,小华要带着她三岁的弟弟来。要是不这样,无法看孩子的奶奶就不让她来上学。

终于到了开学的时候。他们举行了隆重的仪式,升国旗唱国歌,孩子们严肃认真。十一个孩子被编成了三个年级。上课的时候,要把大门关上,铁蛋就负责这项工作。不过他总是捣蛋,王文国有时就让他在教室门口坐着听课,坐累了就让他干点别的。小华的弟弟很懂事,上课的时候不哭不闹,瞪着两只大眼睛,好像也在学习。只不过时间不能长,上一会儿课,她就得领着他在院子里转两圈。因为孩子们很久没有上学了,很多知识忘了,他们就手把手地教,好在学生少,孩子们悟性也高,不到两个月就补上了欠缺的课。他让孩子们给远方的爸爸妈妈写一封信,感动的家长们纷纷打电话,边说边抹泪,表示一定安心工作多挣钱。这让王文国非常感叹,多好的孩子啊,要是这么耽误了,真是罪过。同时也为自己办了这么件有意义的事情而感到自豪。

山里的日子安静而祥和。转眼就到了冬天,王文国买来塑料布,把前后窗子都好好封了一遍。外面北方呼啸,孩子们仍能稳稳地坐在教室里,朗朗的读书声传出去好远。

元旦这天,王文国回家杀了两只鸡,让孩子们都在学校里跟他一起吃午饭。并特意留下了王忠建,王忠建到外面买了两瓶好酒。不知怎么地,这段时间,他转变了很多,不再为自己的职称而抱怨,也不再提身体不好的事情,工作起来干劲十足。

两个人你一口我一口,喝得很痛快。王忠建摸了一下王文国手上的老茧,再看看他瘦削的身子骨,叹了口气,说这么大年龄了还不闲着,不为钱不为名,真是佩服你。王文国笑了笑说看着孩子们在街上乱跑,自己的心就提溜着。王忠建脸红红地说:“我想跟你说个事。你那年转正……”王文国深深地喝了一口酒,一摆手:“都是陈芝麻烂谷子了,不说也罢。来,喝酒。”王忠建也就没有再说,尽管他心里非常想说。

就在上个月,他去城里看望表哥。表哥原来在县政府工作,现在已经退休。见面聊了一会儿,表哥问他王文国现在怎么样了。他就把王文国的情况说了一下。表哥夸奖了一番,说这个事情做得好,然后面色沉重地表示很对不起他。王忠建疑惑起来。表哥说当年你转正就是占用了他的名额。这句话把王忠建惊得目瞪口呆。表哥说当年我负责这件事情,你的条件不够,临往上交的时候,我冒险更换了名单,把他拿下来,换上了你。

自从知道这件事情之后，王忠建就一直不敢跟王文国交流，甚至不敢正看王文国。

五

五一过后，为了准备儿童节和即将到来的期末考试，大家都忙碌起来。王文国对王忠建说："我让镇长帮咱催问了一下，要求期末统考的时候也挂上我们学校。上面已经同意了。"看着王忠建迷惑不解的表情，他解释道："你傻啊，我们这里学生少，好出成绩，这样对你评定职称大有帮助。"王忠建苦笑了一下，没说什么，而是嗫嚅道："我也有件事情，想，想跟你谈谈。"

王文国说有事你就说嘛，干啥结结巴巴的。王忠建想了想，就鼓了鼓勇气讲了出来。原来上周，他去开会，县里传达了市里的文件，那就是要在全市范围内再次统一清退代课教师。在专项检查中，发现县里竟然违规使用已经清退了的代课教师，连分管副县长都受到了批评。

"都是我连累了领导。"王文国心情很沉重。王忠建打断他的话，说："不过张局长在会上讲了你的事迹，表扬了你乐于奉献的精神，并跟有关部门协商多开给你两个月工资，还让我捎回来一个荣誉证书。"

"那我们学校会受影响吗？"王文国急切地问。王忠建说："张局长为此专门找了县领导，答应这里作为一个教学点保留下来。"一听这话，王文国咧嘴笑了起来，然后说："以后就剩下你一个人了，不知道你能继续干下去吗？"王忠建说你放心吧，你既然带了好头，我怎么也不能落后啊，拼上这条老命也得把孩子教育好。然后递上来一把炒花生，边吃边说："老王，你知道不，我有件事情很对不起你。"

王文国却有点急急地回答："都过去多少年了，你还提它干什么！"

王忠建惊愕地看着他："你，你早知道了？"

王文国说："当时我就知道了。不过，那时你有病重的老父亲，孩子也多,条件比我还差,我能有意见吗。本来,想第二年再争取的,却被清退了,从此再也没有机会。也许这就是命吧。”说着他往远处看去。王忠建抹了一把脸。

期末考试,学校果然拿了第一名。学生家长都很高兴,上级也很满意。临放假那天,王忠建组织学生们举行了一次隆重的演出。学生们唱歌,跳舞,热闹非凡。最后,向王文国老师告别。

他都走出了很远,孩子们举着的手都还没有放下来。

最 牛 校 车

惊人之举

某省校车翻车惨案，死19人，重伤18人，消息传出，举国震惊。这天一大早，乡长张树槐刚回到乡里，就被分管教育的副乡长王永元给堵住了。王永元上气不接下气地说："乡长，昨天李村和上进村的家长来上访，非要我们出面解决校车的事情！"

校车安全问题已是全国议论的重点，张乡长知道这事的分量，他一时真不好表态。

见乡长久久不开口，王永元又说："以前，乡里打算租三轮车送孩子上学，但是租三轮车，学校不愿意，教育局不愿意，交警部门不愿意，孩子们只能步行去学校。可你知道，为了能赶上早晨的课，娃娃们只能半夜里就起床，八十多个学生呢，这事不能就这么拖着！"

张乡长还是沉默着。王永元急了，说道："您倒是发话啊，我还有半年就退休了，您总得帮我把这件事情解决好才行啊。"其实，在分管教育的这几年里，他哪件事情不是做得认认真真啊。

张乡长终于开口了："老王，你容我想想啊，你又不是不知道咱乡里那点家底，咱是能买得起校车，还是能修得起公路啊？你以为我不可怜那些娃娃们吗？要不，你再往县教育局打个电话，请示一下解决方案？”

王永元一脸愁苦地说：“打电话打得我手都快断了，教育局说让咱乡里自己想办法，而且还要把这个列入年度考核的指标。给公安局打电话，人家话说得更狠，要是再让学生坐三轮车，就把三轮车都扣下来，让乡领导去领车领人。”

张乡长心里明白，校车惨案一出，谁也不敢再轻视学生的安全了，公安局说得出，就一定做得到。他叹了口气，把分管财务的刘副乡长叫过来，想和他议论一下此事。

不料，分管经济的刘副乡长一听，就说：“要是买校车的话，咱还得奋斗十年才行。”这一句话让王永元从头凉到脚。

见王永元一脸沮丧，张乡长于心不忍，终于下了很大的决心，拍板说：“老王，我给你两万块钱。”

王永元苦笑着说：“两万？买小卡车都难啊。”

张乡长就有些不高兴了，“就这些，还是挪用修水渠的钱呢。不过我可以给你政策，你再通过其他渠道想想办法吧。”

出了乡长办公室，王永元又去找乡里几个有头有脸的人，他们做点生意，比普通百姓收入多一些。可是当人家听了他的来意后，都把头摇得像拨浪鼓一样：“校车，你以为那是买个饼啊，您老人家把我们当成唐僧了吧？”想想也是，就这么个穷乡，还痴心妄想地要买校车！不过，临走，王永年还是撂下了一句话：支援教育责无旁贷，就是少出点也必须出！

回到办公室，王永元想了半天，还是想不出好办法，他顾不得肚子饿得咕咕乱叫，在办公室一圈圈地打转。好久才下了决心，打电话给学生最多的三个村的村长，让他们带着本村的家长代表来开会。

下午，三个村的村长和代表们都到了，没等他们喊穷，王永元就直来直去说出了自己的决定：“乡里出个大头，剩下的每个村里为每名学生补贴一百元,家长再出一百元。”至于乡里出多少钱,他没好意思说。

几个家长代表不明就里,高兴得几乎要跳起来:“这样咱就能买得起校车了?”

王永元心里没有底,所以还是要先打预防针:“你们先不要高兴,我知道大伙的愿望,不要说你们,就连我也非常希望孩子们能坐上宽敞舒适的大校车,可是,我们乡里的实际情况大家是知道的,穷得在全国都能挂上号。”

家长们赶紧附和道:“我们理解,理解,就是买辆二手车我们也很高兴。只要孩子们安全,不再起床那么早,我们不挑剔。”

此刻,王永元连跳楼的心都有了!他感觉十分愧对这些家长和他们的孩子。但是工作还要做,该说的话还得说,他艰难地宣布:“条件会变好的,以后孩子们肯定会坐上我们自己的大校车的,不过这需要慢慢来,这次呢,这次……”他又咬了咬牙,“这次先解决孩子们路远的问题,我们先给每个孩子统一购置一辆自行车……”

村长和家长代表们先是发愣,然后愤怒了:“王乡长,你这是在耍我们呢。”

王永元赶紧解释:“是真的。这次我们会把统一购置的自行车做得结实耐用,也就是到生产厂家去定做,无论在舒适性还是安全方面都是一流的,让孩子们骑得安全。”

有个家长嘲笑道:“王乡长你不会算账吧,如果步行,孩子们可以涉水过河,抄近路,而骑自行车,就要绕到远处的那座大桥,用的时间跟步行差不多。”

王永元坚决地说:“涉水,绝对不行!孩子们的生命是第一的!”他一拍桌,爽气地说,“那我们就修一座小桥!”

尽管是小桥,那也得花钱,修桥的钱该从哪里出呢?村长们议论开了。王永元严肃地说,这是目前最大的任务,一定得完成,否则就地免职。

此话一说，三个村长都乐了："免职就免职，巴不得落个清闲呢。谁愿意当这个破官啊。"

王永元则一再嘱咐几个家长代表回去做做工作，让乡亲们明天可不要再来上访了。该打工就去打工吧，挣了钱才好让娃娃们读好书。

精心设计

摆平了这头，王永元又急匆匆地去找张乡长，说了自己的想法。

张乡长又露出一脸苦相。虽然只是修一座简易的桥，但也得几千块钱啊，幸好这三个村子紧靠着，要是修三座桥非把他难为死不可。议来议去，张乡长说那就发动机关干部捐款吧，我们实在是拿不出钱来了，并带头捐了四百元。王永元当即也捐了四百。

靠着大伙的爱心，这笔钱落实了，王永元心里就有底了。他又骑着自行车，翻了三座大山，来到县城，到教育局去咨询校车的情况。教育局领导也拿不出钱来，就说只要你们不让孩子乘坐违规车，自行车不在我们禁止的范围内，并建议他到交警队那里再问问。于是王永元马不停蹄地到了县交警队，交警的说法跟教育局差不多，只是对自行车的设计提了些建议。

王永元打电话给三个村长，问村里那部分钱落实的情况。尽管三个村长诉了阵子苦，但还是表示差不多了。

王永元不敢耽误一点时间，他想把这件事情赶紧办好，过年的时候能让家长们看见新校车，这样一开春，他们就可以放心地出去打工了。他联系了三个家长，又带上办公室的小吴，一起去市里的自行车厂。

一看来了订单，自行车厂的厂长高兴得合不上嘴。可是一听说是定做，心马上就凉了半截，说："我们这里有库存的，需要的话价格可以优惠。"

王永元马上拒绝道："不行，我们就是要定做，并且要用最好的材料，你们做不了，我们就去别的厂家。"厂长说："去就去吧，就你们这要求，不把人家吓住才怪呢。”接下来谈价格,可是人家的要价比他的预算多一倍。

王永元说:“你们知道这是校车,就这些钱还是我们好不容易凑的,你们就算做点慈善事业吧。”一听说是校车,厂长都快笑喷了。

王永元说你笑啥,你以为一提校车就非得坐大汽车吗,我们穷地方买不起大汽车还不兴骑个好自行车啊。王永元知道这是在较劲。接着他又让三个家长讲了乡亲们的难处,当说到孩子们半夜就要起床,每人提个小火炉去上学的时候,竟把厂长感动得直抹泪,不过感动归感动,人家也不能做蚀本的生意啊。

厂长为难地说:“我可以再优惠一下,但你这个价格肯定不行。我会绝对保证质量。钢材用最好的,轮胎用最好的。”

王永元跟厂长磨了大半天嘴皮子,终于商量好了价格。

出了门王永元对三个家长说:“你们就是见证人,知道就这个价格了,好跟乡亲们有个交代。我算了一下,还差一万块钱,我还得‘化缘’去。”

家长们难为情地说:“我们一块吃个饭吧,钱我们掏。”王永元摆摆手说我还有点事情,就带着小吴先走了。

王永元跟小吴来到地摊上,要了两碗馄饨。王永元不好意思地对小吴说真是难为你了,跟着我出来受罪。

小吴挺理解:“省下一顿饭钱就能买个自行车轮胎呢。”

回来后,王永元就去请教一些修车师傅,研究校车的设计方案。这几天,他吃住几乎都在办公室里,胃疼得实在受不了,才到医院拿些药片匆匆吃过完事。

没几天,校车出来了,王永元对自己的作品很得意。车子的颜色是醒目的黄色。不光前面有个大鼻子,后面还有个长长的屁股。也就是各伸出一根粗粗的钢筋,这样如果万一后面有车撞上了,就会把自行车顶到一旁去。更令人叫绝的是两端的钢筋头上各有一个报警装置,如果后面的车距自行车不到八米的时候，就会发出刺耳的报警声，提醒后面的车辆采取措施。同样道理，前面大鼻子上的报警装置是提醒学生不要跟前面的车太近了。车的两侧还各伸出来一根短短的钢筋，是防备学生摔倒的。车前面还有一个放手电筒的地方，非常稳妥可靠。他计划到时候手电筒由乡里统一配置。这样孩子们早出晚归就能看清路了。因为山路多，所以车闸设计也很特别，灵敏，耐用。而且是三保险，连铃声都设计成超响的那种。

设计方案拿出来了，车看起来像个刺猬，很有意思。厂长苦笑着说："起初，我以为接了个大单，能让我的厂子狠狠地挣上一笔呢，现在看来靠着你，我连稀饭都喝不上。"

王永元说："得了吧，我这些设计方案的专利权归你了，说不定全国的校车都来你这定做呢。"厂长哭笑不得，他又跟厂里的技术人员共同研究了三天才最后敲定方案。

精神不死

在等校车出厂的这段期间，王永元也没闲着，先是到工地上查看小桥修建的情况，督促大家保证质量，加快进度。然后，他研究制定校车使用方案，并上交计划，打算按照每辆自行车一年十块钱，建立一个维修基金。最后，召开了乡里各部门的联席会。王永元严肃地公布了校车所享有的几项特权，并对各学校提出具体要求。

开完会，王永元一下子晕倒在办公室，被同事送到医院。乡长张树槐第一时间赶来看望，大声朝医生喊："救人，花多少钱我们出！"

醒来的王永元朝他苦涩地笑笑，说："不要再折腾钱了，胃癌晚期。"

在场的人听了，都很震惊，原来王永元早知道自己的病情了，他是在做最后的冲刺！

临近下雪的时候，校车全部运来了。小吴来医院问王永元能否出席剪彩仪式。

王永元摇了摇头，说道："天那么冷，就不要再搞虚的了。"并让家人拿出来两大箱子早已经准备好的棉手套，让小吴捎回去分发给学生们。

小吴哽咽着说："王乡长，这是哪里来的钱？你连给自己买点营养品都舍不得。"

王永元摆了摆手，不让他再说，自己则喃喃自语："要是再给每个孩子一件棉衣就好了……"

这天一大早，小吴兴冲冲地拿着报纸来到办公室，这是记者拍的孩子们骑着校车去上学的情景，浩浩荡荡，孩子们个个都很高兴、很神气。他打算等一会儿就把报纸拿到医院给王永元副乡长看。可是大家都一脸的悲哀，他明白最不愿意发生的事情还是发生了。

报纸在他手里轻轻地滑落。眼泪也随之夺眶而出。

腰带也疯狂

去年，王熙俊刚被调到交通局当局长的时候，整个局都轰动了。原因有二，第一因为他是省里的劳动模范，连续几年受到表彰。第二个原因是，他属于那种非常成熟有魅力的男人，不光高大魁梧，而且气质也很好，玉树临风。他刚四十岁，可以说前途不可估量。

在工作中，王熙俊雷厉风行，眼光超前，敢于决策，上马的几项工程都堪称大手笔，受到方方面面的好评。而在局内部，他对职工也是关怀倍加，不仅把多年积压的困难职工手里的药费单子统统给报了，而且还让职工领到了多年没有见过面的奖金。逢年过节他都发放些福利，例如鸡蛋、面粉、花生油什么的，虽然这些东西远没有发点钞票来得实惠，但把钞票打在工资卡上，远没有这些看得见摸得着的东西更能让职工感动。

这不，年后，办公室李主任就放出风来，说王局长准备给每人定做一套西装。“什么档次的啊？”“别又是工作服吧？”大家议论纷纷，发表意见。这也难怪，以前的领导也给大家定做过服装。穿在身上，那档次跟工作服差不多，所以久而久之，大家就寒心了，所以这次也基本上不抱什么希望。可是李主任却透露王局长在会上的表态，那就是这次定做的西装的档次跟他身上的档次一样。也就是领导穿什么，职工就得有什么。闻听此言，大家都非常高兴，就差喊王局长万岁了。众所周知，王局长非常重视外在形象，多次在大会上强调，单位有单位的形象，个人有个人的形象，个人形象会影响单位的形象。平时他也以身作则，西装革履。气度非凡。不光是中年女人的偶像，据说连未婚女青年都对他挺着迷的。

西装做下来了，无论是面料还是做工，都堪称一流。非但如此，生产厂家还给每人赠送了一件衬衫和一条领带。无论是男人还是女士，穿上这样的西装，形象果真大变，人精神了，工作起来更加有干劲。

西装统一了，可是王局长提醒李主任，好像还欠缺点什么。李主任百思不得其解，要说就是皮鞋没有统一了。可王局长说皮鞋还不是最主要的，一个人要是没有一条拿得出手的腰带，穿再好的西装也会大打折扣。李主任想反驳，他感到还是皮鞋更重要，因为腰带在很多情况下是被遮在西装里面的。但是他想到王局长可不是这样，王局长总是把他的腰带露在外面，这样看起来确实非常潇洒，所以这种观点被他接受了。但是局里不可能给大家统一配腰带。该怎么办呢？

在各个科室，李主任把王局长的观点说给大家听，让男士们注意腰带问题，并说自己已经在市里的某个知名厂家买了几条腰带。而且王局长的腰带也是从那里买的，皮带上龙和虎的图案确实非常好看，皮带头也是明光闪闪，非常惹眼。最先行动起来的是中层干部，他们都买了那种牌子的腰带。这样一来，大家也都纷纷到那个工厂去定制腰带。一些人甚至组团去买，价钱就降下来不少。这让腰带厂厂长非常高兴，他们的腰带从来没有卖这么火过。名牌腰带配高档西装，尤其是几条腰带轮换着用，不同场合配上不同款式的腰带，那变换不断的皮带头让人眼花缭乱，成了局里一道特殊的风景。

这样过了一年，最近却有人在网上爆料说王局长的腰带其实跟大家的腰带不是一个厂家做的，原因是王局长的腰带头要大一些。

这也太无聊了吧，不同的腰带当然腰带头的尺寸也可能不一样，所以这样的爆料几乎没有人感兴趣。可是这个爆料人并不甘寂寞，又说那家工厂生产的腰带头尽管在颜色、图案上不一样，但是在大小上绝对都是一样的，不信大家可以自行对比。并说王局长用的皮带是那个厂家的，但皮带头绝对是外加的。

大家互相对比，皮带头的尺寸竟然都是一样大的，这怎么回事呢？有人去问李主任。李主任先是丈二和尚摸不着头脑，然后就苦口婆心地解释，说网上绝对是胡说八道，一条小小的腰带哪有这么多事啊！大家想想也是，不就是几十块钱的一条腰带吗？网上以前也有说某知名人士佩戴价格昂贵的腰带的，可人家那是国际名牌。再说了，一条腰带，再贵还能多贵啊。况且王局长的腰带上也是刻着龙虎图案的，这个图案是本市那家工厂的专利设计，王局长的腰带绝对不是什么国际知名品牌。

但是有个跟帖的网友说本市的腰带厂家根本没有生产过这种皮带头。他进一步指出来，王局长腰带上的皮带头是纯金的。此言一出，顿时哗然一片。有关部门迅速介入，最后证实，网友的爆料是真实的，王局长每条腰带上的腰带头都是用好几两重的黄金制成的，而这样的腰带总共有二十条，都是从王局长家里、办公室里和情人家里搜出来的。王局长先被免职，后被双规。他交代说用贪污受贿的钱买了黄金，找人做成皮带头，这样不仅安全，而且保值，自我感觉也非常好。

人们这才恍然大悟，怪不得王局长有把手放在皮带扣上的习惯呢！而正是他这个习惯，引起了细心网友的注意。

局里的很多男士把自己的腰带都拿下来，往院子里那棵大树上抛，树上很快就挂满了腰带，这棵树也被称为了“腰带树”。职工们都议论说人家局长腰里有黄金，我们跟着瞎起哄啊，光做这种掩护别人的事。

其实哪个人不是买了好几条啊。中层干部们个个都不少于五条，李主任是买腰带最多的,达到17条。因为王局长当时说多买些腰带,也可以照顾一下这家皮带厂的生意,他还以为皮带厂老板是王局长家的亲戚呢。

往后,局里的职工见了面就互相打诨:今天,你的腰带呢?

到哪里去吃

前段时间,王槐乡贴出了一个通知,要招收两名做饭人员。对于这做饭人员的要求,却很笼统,只说干活麻利,有相关经验即可。通知发出去没多久,就有一名在城里三星级饭店当过厨师的男子来应聘。但当他说完自己的简历后,连证书都没有被要求出示,就被打发回家了。还有一名大学刚毕业的年轻人,他学的是厨艺专业,按说很符合这个职位,但也很快被淘汰掉。乡里究竟需要什么样的人才啊?人们背后议论纷纷。最后,让人大跌眼镜的是,既没厨师证书,又没在城里工作过的王大婶和黎嫂被录用了。这让更多的人纳闷,乡政府在搞什么名堂啊?

其实只有乡长王晓牧和其他几位干部知道其中的奥秘。去年王槐乡被市里定为贫困乡,并安排好几个部门具体进行帮扶。从那以后,市里和县里的各位领导就接连不断地来这里进行参观访问和工作指导。实话说,他们也带来了几个项目,但是效益还没有显现,乡里的资金却已经见了底,大部分被用作了招待费。眼看在饭店里积压的账单越来越多,王晓牧和几个乡领导皱起了眉头。该怎么办?那天王晓牧在院子里散步时,不经意看见一个角落里有一间大房子,锁都生锈了,他一问才知,这是二十年前用过的一间厨房。那时候上级来了人,几乎没有去饭店的,就在乡里自行解决了。他灵机一动,跟其他领导商量了一下,决定再次启用这间厨房。于是就出现了招聘做饭人员那一幕。之所以把那位厨师淘汰,是因为他们出不了这么高的工资,那个大学毕业的小伙子,不可能被埋没在这样一个小地方。所以就让干活麻利,家在附近的王大婶和黎嫂来干了。至于相关经验,就是她们都家里人口多,做十几、几十个人的饭菜根本不在话下。因为不耽误她们的农活,所以工资给的也不是很高。而在此之前,他们已经招聘了一位民间酿酒师,自行酿造米酒,作为饭桌上的招待用酒。这种酒,成本每斤还不到八块钱呢,跟饭店里一百多一瓶的那些酒一样好喝。他们把几间办公室腾出来,经过简单装修,当成了餐厅,甚至还在院子后面种了很多蔬菜,成本又节省了不少。

他们在乡政府大院接待的第一拨客人是市农业局的领导。这些领导是来考察一个农林示范项目的。等考察完,又进行了长时间的座谈后,就起身去吃饭。他们一路喜气洋洋,又满怀稀奇,很想见识一下这自制饭菜到底怎么样。等来到餐厅,王大婶和黎嫂已经把两桌热气腾腾的饭菜摆上了桌。鸡鸭鱼肉样样不缺,甚至还有海鲜。工作人员拿出自酿的米酒。领导们一尝,这酒确实有一种独特的味道,于是大加赞赏。虽然条件有点寒碜,但大家个个都很高兴,推杯换盏,好不热闹。领导们当场表示他们的这项改革很好,要是都这么做,会节省多少资金啊。

等把领导们打发走,王晓牧让人一算,每桌才花了三百来块钱,连以前的零头都不到。他非常高兴,更加坚定了信心,以后就这么办下去。

可是没多久,王晓牧的眉头又拧成了疙瘩。原来自那之后,来考察项目的领导越来越多了,可以说是络绎不绝。有时这拨人刚走,另一拨又来了。一天喝两顿是常有的事。这些考察团对在乡政府吃饭从来没有提出过任何异议,甚至还非常感兴趣。一直夸这里的饭菜好,风味独特。王晓牧一班人知道,钱固然是节省了,但时间耗不起啊,天天这么陪下去,别说家人有意见,就是自己的身体也吃不消啊。好几个干部已经得了“三高”,还有的干部有了更多的“高”。例如张副乡长的肚子“高”了起来，杨股长的眼皮“高”了起来。

这时刘副乡长过来说：“咱们这里的鸡鸭猪都是农家自养的，酒是自己酿的，没有任何塑化剂之类的东西，这样一传十十传百，他们都知道了。这些领导们在城里吃惯了饭店里的饭菜，来到我们这里，吃些纯绿色食品，是个多么大的享受啊！”王晓牧这才恍然大悟，说我怎么把这茬给忘了呢，看来我们是弄巧成拙啊。于是他要求王大婶和黎嫂再做饭时，不要当着客人面杀鸡宰鸭了，并且在吃饭时，还故意说某某肉是从市场上购买的，某某菜是从饭店里定做的。但即使这样，来人数量仍然是有增无减。刘副乡长说名声传出去了，要是再收回也太难了。

下一步该怎么办呢？大家都围着王晓牧议论纷纷。有人建议，干脆关了小食堂，以后再去饭店吧。王晓牧摇摇头，说咱们改革的名声已经传出去了，要是再回饭店的话，对上对下都不好交代啊。还有人生气地建议，干脆一个领导也不接待了，就在门口挂个牌子，写上：本乡谢绝吃喝，请自带饭菜。这招来了更多的反对，说这不是找死吗，这些领导哪一个能得罪得起啊？要是这样做了，我们也就成孤家寡人了，猴年马月也脱不了贫。王晓牧劝大家少发牢骚，要静下心来多想办法。

说归说，他心里真是焦急万分。眼看上半年就要结束了，各种评比、检查、督导会纷至沓来。要是这么吃下去，非连办公楼都给吃掉不可。

憋了一个星期，他还真想出来一个主意。这天，正好乡镇企业局的领导要来检查工作，王晓牧就嘱咐王大婶和黎嫂今天多杀几只鸡鸭，把饭做得好一点，然后送到村东头的李大娘家里去。他这是在搞什么名堂啊？大家问，他也不说，而是笑眯眯地说还是不听广告，看疗效吧。

中午吃饭的时候，领导们被领到了李大娘家。两桌饭菜已经摆好了。可是再看看李大娘家里的摆设，真可谓是家徒四壁，连件像样的家具都没有,李大娘穿得也是衣衫褴褛。王晓牧让工作人员把李大娘叫过来跟领导们一一握手,随后让人盛好了几碗菜,把李大娘带到另一间屋里去吃,他这才诚恳地跟客人解释:“我们以后就准备轮流在全乡的五保户家里搞接待。主要原因是他们很多人都说没有见过领导呢,对领导很想念,尤其是你们给我们带来这么多好的项目。所以我们索性就让老乡们见个够,也好让他们表示一下对各位领导的感谢。你们做领导的也可以利用这个机会跟这些老乡好好交流一下,更加有利于我们开展工作。来,咱们吃。”说着就举起酒杯。这饭菜跟周围的气氛形成了巨大的反差,尽管酒也喝得不少,但心里总是别别扭扭的,有种如鲠在喉的感觉。

下一次,王晓牧又带客人来到另一家贫困户家里。这样一连吃了一个月,来的客人才呈逐渐减少的趋势。后来,就减少为一周来一拨客人了。再后来,一个月也难得来一拨。即使来了,也是办完事后匆匆离开。留他们吃饭,就像让他们喝中药汤一样艰难。

这天下午,王晓牧见王大婶和黎嫂站在院子里,有点忧心忡忡地,就问怎么了。她们两个说道:“这要是客人以后都不来了,我们可咋办啊?”王晓牧说:“你们放心,客人只是来得少了而已,绝对不来那是不可能的。所以你们的工资待遇不会变。”见她们还站着不走,王晓牧问还有什么事吗。王大婶说:“大伙让我问问你,以前为了招待领导,他们都养了很多鸡鸭,现在客人少了,他们都愁这些鸡鸭卖不出去了。该怎么办?”这个问题倒是王晓牧没有考虑过的。没想到这还带动起了一个产业。他一下子感到有点为难,不过想了一会儿,他说:“虽然领导们在我们这里吃饭少了,但是咱也不能忘了人家,尤其是对那些真能带来项目,帮咱致富的领导。这样以后他们再来检查工作,只要是不吃饭的,我们就每人送他们一只鸡或鸭子,这些东西都是不吃饲料长大的,在城里多少钱都买不到,他们绝对当成宝贝。”

周一,王晓牧陪客人吃完饭,喝得不算少。

这时,刘副乡长拿着账单走过来,说道:“王乡长,你这一招真叫绝啊,经过这段时间运行来看,效果真是明显啊。”

王晓牧醉眼朦胧地说:“我就说嘛,对待这些上级领导,要动脑筋,讲策略,事实证明,他们大多数还是比较……比较有水平的……”

给你一棵柳

村长家的自留地就在张远航家的大门外,中间隔着一条马路。村长在自家的地头上栽了一棵茶碗口粗的柳树。出了大门,迎面看到的就是这棵柳树。在农村,谁家大门口栽棵柳树是很晦气的事情。“这不是在咒我们吗?”张远航的爸爸要拿工具去把柳树刨了,被妈妈给死命拦了下来,嘴里说:“村长家是好惹得吗?你可不要没事找事啊!”于是爸爸就把工具一扔,气得不行。过了没半年,爸爸就在邻村的石灰窑上出事故死了。

这年,张远航正好十岁。十岁的张远航感到自己是个大人了,他想干点什么。可是妈妈始终把他看得很紧,除了上学,他什么也干不成。妈妈嘱咐老师,在学校里也把他管得严严的。张远航想把同学冉小柳给揍一顿,冉小柳是村长的女儿,跟张远航一般大。别人都说她长得漂亮,可是张远航却看不出她漂亮在哪里。从她的名字,到她的身材,他满眼里看到的都是别扭。他没法揍冉小柳,前两天有个同学跟冉小柳闹点矛盾,骂了她几句,就被老师给训了个狗血喷头。自己要是把冉小柳给打了,就得背上书包回家了。妈妈说:“你要是愿意上学,有本事就在学习上超过人家啊!”于是他就把功夫用在了学习上。冉小柳是班长,他当上了学习委员。

后来,张远航到外面去上学,跟冉小柳就分开了。等再次见到冉小柳的时候,他已经大学毕业了,靠着自己的勤奋,他在市里的一家大公司做了中层。那天,他到市机关办事,等他把资料递进窗口,从里面走出来一个人,邀请他到办公室里去坐坐,他这才认出,竟然是冤家对头冉小柳。跟她小时候一样,仍然是杨柳细腰,仍然是亭亭玉立,但更多了几分成熟和妩媚。他想躲也躲不开了,就硬着头皮进了办公室。这才知道,研究生毕业后,她考上了公务员。

冉小柳总是笑,一脸的灿烂阳光。他们胡乱扯了很多。冉小柳问:“快到中秋了,你打算怎么回家?”张远航忙得还真把中秋节的事情给忘了。说还没想好呢。“到时候我去接你。”冉小柳说话办事都是干净利落,就像她小时候当班长的风格一样。她让他留下了联系方式。

转眼到了中秋节。吃了午饭,张远航正考虑着怎么躲呢,冉小柳打电话来说一会来接他。他想找个理由,可是她已经挂断了电话。很快冉小柳开着车来了。

在路上,他们谈了一些童年趣事。基本上都是冉小柳在兴高采烈地谈,张远航只是静静地听。冉小柳冷不丁问了张远航一个问题:“你对封建迷信怎么看待?”张远航连想都没有想,说:“你这问题也太小儿科了吧,难道你信?”冉小柳笑着说:“我当然不信,可是我们办公室里有个张大姐,她刚添了个孙子,说天一黑就要把孩子晾晒的尿布从绳子上取下来,否则孩子长大后会胆小怕事的。想想,真是笑死人了。”张远航说:“这也不能完全叫封建迷信,应该是一种细节注意吧,寄托了人们美好愿望。”冉小柳想了想,说:“反正我不信这个。我在办公室里没少给她上课。干吗要给自己套上一个枷锁呢。就像有的农村里,有人说在门前栽柳树不吉利,柳树多好啊。”这一下,说到了张远航的痛处,他好久没有说话。眼睛看着窗外,路边倒是栽满了柳树,一棵棵,从他的眼前一闪而过。

冉小柳问:“张远航,你一定很记恨我吧。”张远航愣了一下,反问道:“我记恨你什么啊?你又没惹我,那么温柔的。”“嘿嘿,你别讽刺我了,你一定知道,我从小就非常喜欢柳树,所以,让我爸爸在你家门口栽了棵柳树,因为我家门口没法栽,只有栽在你家那儿,我一出门才能看到。可惜当时我爸爸也不知道有这样的忌讳,等他后来知道的时候,柳树已经很大了,成了人们纳凉休憩的好去处。”

张远航仍然沉默着。他当然知道父亲的去世跟柳树并没有什么必然的联系。不过他一直以为,冉小柳一家是在咒他们。去年回家的时候,他看见大门口的那棵柳树了,十几年过去了,已经郁郁葱葱,十分茂密,两个人都不能把它拦腰抱过来。不知道谁还在下面放了几个石凳子,一到夏季,白天树下就会来很多人,即使到了夜里,人们也围着树闲谈。这里已经成了村里人聚集的好场所。有时候,母亲还会沏上一杯茶,拿出来,让上了年纪的人慢慢地喝,然后一起闲谈。这让独自在家的母亲不再那么孤独。

从那次以后,他们经常一起回老家,而且冉小柳每次都不忘给张远航的母亲带些礼物,还亲自去看望他的母亲。两人谈话也多了。有一次,冉小柳问:“你知道我为何一直对你有好感吗?”张远航笑着说:“这还用说吗,当然是因为我十分优秀啊!”冉小柳说:“你就臭美吧。是因为我爸爸的一句话,因为他后来知道了门前不能栽柳树以后,夸你大度,有修养。”张远航一听,脸就有些红了,不得不坦诚交代:“我可没少往你家窗户上挂柳条。”没想到冉小柳笑嘻嘻地说道:“挂就挂吧,反正我喜欢,只不过当时我还以为你是故意讨好我呢,看来是自作多情了。”

张远航也笑了起来,然后他问道:“我听说这段时间你忙着帮村民们销售柳编,如果你有困难可以找我,我有个同学在外贸公司。”冉小柳说:“你当然责无旁贷,马上打电话联系。”然后又自已夸道:“怎么样你佩服我吧,就是当年我在咱河里栽下的那棵柳树,让村里人有了发家致富的门路。”张远航有点糊涂了,他记得小时候,河边有不少杨树,但是没有一棵柳树,后来不知道谁栽了棵柳树,长得很茂盛,他们这些小孩放学后就到河边去玩,折了柳条编草帽，拧成哨子吹着玩，还把柳条插到沙土里边。慢慢地，插下去的那些柳条竟然都活了，很快，河两岸都长满了柳树。

这次冉小柳直接把车开到了河边。小河里的水依然在潺潺地流淌着，就像美妙动听的音乐，唤起了张远航对童年的记忆。最美的是河两岸，高大的杨树像哨兵，挺拔、伟岸。无数的柳树，像婀娜多姿的美少女，亭亭玉立、婆娑妩媚。“说起来真是奇迹。”冉小柳赞叹着，显然是被面前的景象感染了。在柳叶的映衬下，她的脸红红的，越发显得大方、漂亮。她穿着红红的裙子，在这绿色的海洋里，更显得分外妖娆。

“看，这就是当年我栽下的第一棵柳树。”冉小柳指着一棵粗大的柳树兴奋地说道。张远航瞪大眼睛，眼神里充满了惊奇与感叹。

“这棵柳树真是你栽的吗?”冉小柳郑重地点点头，“当然是我了，因为有一天，我发现在我家院子里的柴垛后面躺着一棵柳树，都快干死了。正好我要跟着妈妈到河边去干活，就带着那棵柳树去了，把它小心翼翼地栽到河边，没想到它活了下来，而且还长得那么好。也正因为现在的这些柳树，县里决定在咱村后面建一个湿地公园呢。这样既可以改善村里的面貌，也能增加百姓的收入。”

张远航的思绪又回到了十几年前。有一次，他和弟弟去十几里路以外的二姨家，在河边玩的时候，看见了一棵小柳树，他们三摇两晃就把树给弄了下来。然后哥俩抬着树往回走，怕被人看见，就磨蹭到天黑才进村。他让弟弟偷偷从家里拿来铁锹，他要把柳树栽到村长家门口。但是，他发现村长家门口是一片很硬很硬的石头坡，根本刨不动，折腾了很长时间也没成功。最后他十分生气地把柳树扔进了村长家的院子里。没想到，就是这棵柳树，成就了一片绿色，这可真是无心插柳柳成荫啊。

不见面的时候，两人就靠网络和手机信息聊天。每次他的称呼都是:小柳。慢慢地，他们的关系就发生了微妙的变化。冉小柳会时不时地打电话或者发信息让张远航注意好好吃饭少喝酒,甚至连他在什么场合穿什么样的衣服都要再三嘱咐。这些关爱,让张远航心里暖暖的。再称呼她的时候,就变成了:柳。并送了她一盆用小柳树做成的盆景,非常漂亮。

后来,张远航把那棵柳树的事情告诉了冉小柳,本想冉小柳会大吃一惊或者失望,没想到她却淡淡地一笑说:"这有什么啊,当时你爸爸刚刚去世,你心里有怨气是可以理解的,我爸爸后来就自责太不重视别人家的感受了,还夸奖了你。"

又过了一段时间,老家搞新农村建设,委托冉小柳做个规划。在考虑种什么树来进行绿化时,张远航提醒她说:"你可不能太独断,要征求乡亲们的意见。要种柳树的话,也只能在路边上种。"冉小柳笑着说:"当然了,老乡们的习惯和感受我一定会尊重的。"张远航这才满意地说:"不错,你终于改掉了大咧咧的脾气,当我的老婆合格了。"冉小柳一拳打了过来:"去你的,要不是因为我,你会喜欢上柳吗?"

买房时代的艰苦生活

小王和老婆小薇结婚都快两年了,可是连房子的影子还没有看到。当初小王对小薇说:“咱们还是先结婚再说,至于房子嘛,可以慢慢来,不过我发誓两年之内保证让你住上一百平方左右的大房子。否则要是这么等下去,耽误的不光是咱们的青春,还有下一代。”小薇就白他一眼说道:“切,还下一代呢,美得你,没有房子你甭考虑这个问题,我可不想让孩子一出生就住出租屋。”不过在小王的软磨硬泡下,婚还是结成了。可是小薇痛苦地发现,婚后的小王对房子的热情正在一天天地降低,她为此而痛悔不已。看着老公整日除了上班就是上网看电视,她感觉如果再不采取行动就完了。于是她就气哼哼地回娘家了,并且好多天都没有回来,小王吓坏了,赶紧打电话,可是小薇根本不接,小王就亲自跑了一趟。小薇先是不见,丈母娘看小王实在可怜,就做通女儿的工作,然后让他们见了一面。经过艰苦的谈判,也没有达成一致意见。小薇只好把小王赶回了家,让他晚上留意自己邮箱。到了晚上,小王忐忑不安地打开自己的邮箱,看到的竟然是一份买房分析和保证书。内容如下:

我都嫁给你这么久了,还没有住上属于咱自己的房子。这个问题很严重,一定要引起重视,俗话说鸡有鸡窝、狗有狗窝,我们真是太落后了,竟然没有栖息之地,真是连一般动物都比不上。因此我认为,在不久的将来(时间暂定为两年内)，我们一定要有一套属于自己的房子(面积不低于95平方)。

我们都是普通老百姓，收入不高，所以要想实现目标，首要的办法就是挣钱。你除了正常上班外，每周要写一篇稿子，小说、散文或者通俗文学，体裁不限，能发表挣来稿费才是硬道理。除此之外，你必须保持高昂的买房斗志，要一天两次在我面前说出买房子的至少十条重要性来。只有这样，你才能有动力，有充足的干劲。

当然，在开源途径少的情况下，节流就显得异常重要了，也就是千方百计地省钱！通过思考，我认为可以节俭的地方很多，而浪费的现象在你身上特别严重，在此列举补救措施，希望你能一一照办：

一、现在开始，你尽量不要添置新衣服，实在要添，除了深色的，其他颜色的一律不要考虑。

因为深色衣服耐脏，一般来说，穿一两个月不洗，也看不出来，这样可以节省水费和洗衣粉。根据初步估算，如果你只穿深色衣服，平均一个月能节约五元钱。照此推算，十个月就是五十元，一百个月就是五百元，一千个月就是五千元，一万个月就是五万元，十万个月就是五十万元。真是不算不知道，一算吓一跳！如果咱们能活十万个月，仅你穿深色衣服节省出来的水费和洗衣粉费用，就可以买一套房子了。当然西装是不能穿的，因为干洗一次就是好几十块，太不划算。

二、从现在开始，你必须戒烟。

这个理由太正当不过了，因为你抽烟的开销有时候超过了饭钱！其实我早就想叫你戒烟了，只不过从前每当提到这事，你就说想让你戒烟，除非让你死。都怪我心太软，让你这个恶习保持到了现在。但是从现在开始，你除了戒烟，别无选择。我会在你的烟盒上先画上骷髅或者几具尸体，让你吓坏、恶心坏。当然在戒烟和死之间，你也可以选择后者。不过考虑到你还年轻,我劝你还是不要选择后者。所以主动一点还能给我留个好印象,否则伤了和气,烟还得戒。

三、从今天开始,你必须戒酒。

虽然你的酒瘾不大,也不常喝,但偶尔还是要喝一点的。虽然一次只喝一点,长此以往,也是一笔不小的开支。就是喝啤酒也不行。今年夏天你提出来要多喝啤酒,我问你原因,你竟然恬不知耻地说是啤酒瓶涨价了,只有多喝啤酒,才能多卖啤酒瓶。都怪我平时对你太放纵。

也许你说工作辛苦,喝酒可以解乏。但我认为解乏的方式很多,下班后我给你按摩按摩,同样可以解乏,要不咱们干脆打一架。事实证明,打架比什么都解乏。而且打架还具有节能减排的神奇功效,因为打架,我们就有理由不做饭,不吃饭了,只会闷头睡觉,连电视也懒得看了。

四、从今天开始,你必须合理使用手机。

你每月的手机费,也是一笔不小的开支。可是据我观察,你拨打和接听的那些电话,百分之九十都是废话。从现在开始,你只能上班时候开机,一下班就关掉。原因很简单:上班时开机,才好用单位的电话回电话。因此你必须牢记这一点:如果手机响了,千万不要接听,用单位的电话回过去,把手机当传呼机使用。还要注意,尽量在单位给手机进行充电。家里的手电筒、笔记本电脑什么的也要在单位充电,并且要发扬骆驼精神,尽量在单位补充好水分,其意义不言自明。当然要做得保密一些,自然一些,不能传出去,否则会很没有面子。不是我们小气,也不是我们喜欢算计,这不都是让房子给闹的嘛!谁不愿意大方一点,潇洒一点呢?可是为了房子,能省下哪怕几毛钱,也能为咱的房子增加一块砖,增添一片瓦啊。

五、到年底,就把数字电视信号停了。

这样一个月可以省下至少二十五元的收视费,还有几十块电费。另外,你也知道我爱动感情,每当看那些情感影视剧,我都会被剧情感动得一把鼻涕一把泪,哪次不用掉半包纸巾。你若实在想看那些很累很无聊的足球节目,可以到朋友家去凑合一下。

六、从明天开始,我们要好好做饭,不能再应付了。

现在的医院就是吸钱器,因此我们要把健康放在至高无上的位置。否则,省来省去,生一次病就会让辛辛苦苦节省下的那点钱统统化为乌有,一下回到旧社会。我们单位的刘姐两口子为买房子而省吃俭用,上个月,她因为营养不良昏倒住院,短短一个星期竟然花了3000多块钱,这比他们一年节省下的还多,刘姐连撞墙的心都有。血的教训啊!中午你也不要在单位吃方便面了,尽管你嘴上说每天都吃方便面,其实我知道你几乎每天都跟同事去饭馆里吃。现在你不用再偷偷摸摸地去了,前提是要参照第三条,千万不能喝酒。而且要记住,喝馄饨的时候就不要点菜了,否则很浪费。晚上回到家里我会给你准备好两菜一汤。

最后,小薇写道:"如果同意以上我开出的条件,明天你到单位打印出来,一式两份,并签名盖章,正式生效。然后骑自行车来接我回去,记住一定不要骑电动车。下午的时候再陪我到医院去做产检(对了,怀孕这事还没有来得及告诉你,不过你也不要高兴得太早,我是为了让你有压力才决定要下一代的)。别忘了,你提前托托你的朋友,看挂号费能不能给免了。

看完后,要是同意以上内容,马上给我打个电话,以免我失眠。

小王掏出手机,想了想,打电话一分钟两毛钱,发短信才一毛。于是就改为了发短信,内容很简单:我坚决同意。

放下手机,小王感到很悲哀,想当年,老婆是那样青春有活力,那样大方可爱,可是从什么时候开始这么斤斤计较,像个小老太太了?他灵感涌现,很快就写了篇小说,题目是《房价让美女变成了魔鬼》。两个星期后,稿子发了,轰动不小,还挣了三百多稿费。

一所房子的漂泊

北京买房

晚上，王伟强从外面遛弯回来，妻子告诉他，儿子打电话来，让他们去北京一趟，好把房子定下来。

儿子大学毕业后就留在北京创业，后来谈了女朋友，眼看到了谈婚论嫁的时候。可是这年月，没有房子怎么好意思提结婚呢？

第二天，王伟强跟妻子赶赴北京，跟儿子和准儿媳一块看房，选房。北京的房子多的是，高楼大厦，鳞次栉比，但是他们也只能看着这一幢幢摩天大楼感叹。他们根本不敢问新楼盘，儿子说每问一次，都是对自尊心一次严重的摧残和打击。他们把主要精力放在那些二手房上，户型基本上都是一室一厅一卫，即使这样的老房子，价格也都在两百万以上，这让王伟强夫妇见识了什么叫北京价格。

起初儿子坚决不同意买这样的房子，儿子的计划是，等有了房子，准备把爸爸妈妈都接过来住，反正他们也退休了。王伟强却不这么想，他的计划跟儿子恰恰相反，就自己那点退休金，在巍然屹立的北京价格面前，基本上是微不足道。所以他打算把儿子安顿好了，就跟老婆回去买套像样的房子。他用了很长时间，才把儿子说服了。然后他们继续挑房，其实更多的不是挑房，而是挑价格。最终，他们看上了两套房子，价格差不多，一套离单位近，价格贵点；一套稍远，价格便宜点。至于选哪一套，让两个年轻人去定吧，他们把首付的钱留好后就回来了。

三天后，儿子打电话过来，说最终定的是那一套便宜点的，然后告诉他们准备把省下的二十万钱给他们打过来。“这怎么行呢？”他马上就教训起了儿子，说留着这二十万，就可以把月供降一降。儿子却劝说他们赶紧买套房子，十几年了，咱家还没有属于自己的房子。

好说歹说，儿子只好答应留下十万。

儿子说的没错，这十几年，王伟强家一直过着居无定所的日子。为了孩子有一个良好的学习环境，他们就在县城里租了房子，一住将近十年。

吃螃蟹的人

当然，如果要允许英雄提提当年勇的话，王伟强是绝对有资格的，因为他是单位里第一个买商品房的人。那是上世纪末，单位里没有钱给大家盖房，只能一家三口住在集体宿舍里。他咬咬牙，领着几岁的儿子来到刚刚盖起的一栋楼房前打听情况，那时还没有售楼中心这样的地方，在盖楼老板的家里就谈了起来。老板叫胡三强，穿得破破烂烂，或许整天在外面风吹日晒的原因吧，跟自己年龄差不多，但是脸上的褶子就像枣树皮。

其实当时连老板都不知道这样的楼房一套要卖多少钱。王伟强就按照在菜市场买菜时学来的杀价本领，跟胡三强讲价。当然在杀价之前要先找不足，他就列出了楼房下面曾经是坟地，房子太矮等类似的不足。最后，胡老板把价格降到了两万八。他沉吟了一下，但没有当场答应，说得回去跟老婆商量商量。他也不知道这个价到底合适不合适。过了三天，他还没有拿定主意。不过在当地已经传开了，说那儿才盖的楼房两万八一套，谈的有鼻子有眼,并说有个男人已经买下了一套。他一听就急了,因为跟老婆商量后,感觉这个价格有点偏高,因为他家里只有一万八千块钱。

王伟强想这是谁这么有钱啊,竟然已经下手买了。于是到胡老板那里去问。老板说这是真的,人家已经回家弄钱去了,交上钱就能搬进来住了。“真的交钱就能住?”他羡慕地问。得到的是肯定的答复。于是他就骑上自行车,跟亲戚朋友去借钱,最终凑了两万六千元。差的那两千块,在老板那里写了个欠条,领到钥匙后,就搬进来了,连像样的家具都没有添置。可是等了一个星期,也没有等到传说中的那第一位买主,这时他才意识到,大家传的那个人其实就是他王伟强,心想这胡老板也真会忽悠人的。但是接下来,来买房的人逐渐多了起来,当然价格也上涨了。因为墙皮脱落,他欠的那两千块,就按这个借口拖着没还,老板也没有办法,最终不了了之。他于是被称为第一个吃螃蟹的人,当时的报纸上还对他进行了报道。在这么宽敞明亮的楼房里住着,甭提多舒服了,儿子都不愿意下楼了。

但是这个房子陪他不到五年,因为儿子要到县城去读书,还得上补习班,需要不少钱。他认为再也没有比培养孩子更重要的事情了,于是就一狠心以四万元的价格把房子给卖了,他们来到县城,租了套房子,边做点卖菜生意,边陪儿子读书,日子艰辛但也美满。直到儿子考上大学出息了,他才想喘口气缓一缓,但是转眼间儿子买房又提上了日程。

自己的房子

现在他算了算,要是租房,基本上就是给房东打工,还不如自己买一套呢,自己住起来舒服,还能增值。可是以他目前的财力,买新房首先被排除了。大房子也基本上不考虑,价高物业贵。有了这样的定位后,他就打广告。

给他电话的人倒是不少,但基本上跟在北京选房一样,价格是他考虑的主要因素。这让他很落魄,有种很失败的感觉,儿子在北京买不起房子,他在老家县城里也买不起房。

这天,他们老两口跟一卖房的女人来到城东南部,这里有一个非常大的社区,不过中间几栋灰头土脸的房子,跟周围的新房子和多栋小高层比起来显得很不协调。他们转身想走,房主的几句话却让他们最终选择了留下来。"这里交通方便,两气开通,各种设施齐全,最适合你们这样的退休人员居住了,你们去打听打听吧,再也没有比这更便宜的房子了。"

王伟强左转右转,好大会儿才看出端倪,这不就是以前自己居住的那栋楼吗！变化可真大啊,楼多了,人多了,绿化多了。他马上就有了一种亲近感。妻子也看出来了。他们就上了楼去看。让他感到惊奇的是,房子也是他以前住过的那一套。房主介绍说这房子已经是几易其手了,当王伟强告诉房主他就是这套房子的第一任主人时,房主惊得下巴都快掉下来了。不过当现任房主告诉了这房子的价格时,该轮着他掉下巴了:32万！而且过户费还得他出。房主解释说:"大哥大嫂,这价格真的不贵,你看咱县城发展到什么地步了,寸土寸金啊。没听说吗,我们县城有个人的儿子在北京买了套上世纪70年代的房子,还是砖混结构的,竟然两百万呢！啧啧,你说那样的房子能住吗？这样比起来,咱这一套还不就是别墅啊。"房主滔滔不绝,王伟强夫妇却像掉进了冰窟窿里,感觉非常对不住儿子。他们纳闷,消息怎么会传这么快呢?

经过艰难地讨价还价,看在他们是这所房子的前主人的份上,房主把价格降到了30万5千元。不过当房主最后知道了他们的儿子也在北京买了房子后,自言自语道:"要是早知道你们这么有钱,真该多要一些的。"

下午买东西时,他在街上正好碰见了胡三强,胡三强正从一辆宝马车上下来。十几年没见,他都快不认识了。胡三强头发梳得锃亮,一身名牌,看起来就像三十来岁。他跟胡三强打了声招呼,胡三强朝他看了一眼,最终什么也没有说。

搬进属于自己的房子后,夫妇俩很感慨,也很后悔,要是这房子当初不卖的话,这30多万就是自己的了。但是随即就想开了,要是这房子不卖的话,儿子会考这么好的大学么?事物都是辩证的,心里不平衡不行。虽然现在一文不名,还欠了一屁股债,但是想想儿子在北京有一套价值200多万的房子,他们就马上挺直了腰杆。不过,他们总也弄不明白,自己到底是该属于富翁呢,还是属于穷人?

寻你千百度

一

文晓菲养的小狗天天生病了,从昨晚开始就一直干咳,折腾了一晚上,药也喂了,水也喝了,可是仍然没有效果。看着天天痛苦的样子,文晓菲也难受得几乎崩溃了。这是一只金毛犬,好斗,忠诚,已经跟文晓菲快两年了。文晓菲出去旅游的这段时间里,天天一直寄养在一个闺蜜那里。自己昨天刚回来,天天就成这样了。想想也不是在朋友那里病的,因为从朋友那里接回来的时候,天天还是好好的,很精神,也吃了不少东西。

没有办法,文晓菲只好打车把天天送到一家宠物医院。医生敲开天天的嘴巴检查了一阵子,然后用长长的镊子从里面拔出来一个东西。"那是什么?"文晓菲吃惊地问。医生拿到她的眼前,很肯定地说:"是一根人的手指头。""怎么会呢!"文晓菲几乎尖叫起来。她看着医生,一脸的愠怒。

医生说:"这错不了,你不妨查看一下原因。不过,它现在已经没事了。"然后给开了些消炎药,文晓菲就带着天天回来了。

回到家的第一件事,文晓菲还是给闺蜜打了电话,问这段时间天天是否外出了。闺蜜一脸雾水,说天天一直在自己的家里,即使出去放风,也一直用手牵着。挂了电话,文晓菲抱着天天坐在沙发上发着愣。忽然她想起了什么,于是带着天天各个房间查找。她有点恐惧,不过想想有天天在,她胆子就大些了。可是仔细检查了一遍,连衣橱都看了,没有发现什么。她这才放下心来。

她踱步来到卧室的窗户跟前,想向外看看,这才发现窗台上竟有血迹。她心里一惊,难道是有人想进来,而被天天咬断了手指头吗?可是看看自己的窗户,外面封着很坚固的防盗网,人怎么可能上得来?她感到背上有股凉意。

正在这时,她听见身后的电脑上有好友上线的滴滴声。她急忙来到电脑跟前,电脑显示,上线的网友正是"翘尾傲鹰"。呵呵,鱼终于上钩了。

二

文晓菲就职于"多冠房地产公司",借助市场和老总王海运良好的人际关系,这几年公司的发展势如破竹,接连吞掉了好几家公司,一跃成为全省最大的房地产公司。文晓菲靠着自己的聪明、漂亮和勤快,很快由一名普通的房产推介员升职成为公司高管,主管房屋销售工作。

可是,最近她遇到了些麻烦,确切地说是公司遇到了麻烦。公司最近在省城里的几处高档住宅很快就销售一空,空前的顺利,为此公司为员工发了奖金。可是过了没有半年,有客户找上门来,说是自己买的房子应该带有车库的,但现在却没有。质问公司这是怎么回事。听到这件事后,老总王海运大吃一惊,因为省城里寸土寸金,为了节省一些,这些高档住宅里面有的带有车库,有的房子却没有车库,可是查查这位客户的资料,他的确是应当带有车库的。王海运非常生气,把文晓菲叫去骂了一顿,然后责令她立即处理此事。文晓菲向老总保证,一定会处理好的。

然而,第二天文晓菲就病倒了。老总只好要她把工作移交给公司副总李伟利,然后她向公司请了长假。这时,来公司交涉的客户已经有十家。现在出现了两个合同版本，一份是公司里面的，白纸黑字，这些客户都是带有车库的；一份是客户手里的，上面却写着没有车库，不过经过检验，客户手里的合同都是伪造的，也就是说这些客户的车库都被人给克扣下了。再查，这些被截留的车库竟然都已经有了新主人，也就是说这些车库被人倒卖了。按照市场价格，一间车库40多万，这是一笔巨款啊。再联系文晓菲，她手机停机了，到住的地方去找她，查无此人。没有办法，公司只好报案。公安局来查了，但是这些房子到底是谁经手卖的，却查不到，尽管文晓菲被列为最大的嫌疑人，却找不出她伪造合同的证据。别说找不到文晓菲，就是找到了，也奈何不了她。后来，公司到公安局撤了案，事情就暂时搁置了下来。

当然文晓菲一刻也没有清闲过，尽管感觉做得天衣无缝，但她还是接到了李伟利的电话，那是她换手机号前接到的最后一个电话。就是这个电话让她一下子掉进了冰窟窿里。李伟利说一个客户手里的合同上留下了她的签名，而这份合同已经落在了他的手上。文晓菲竭力地去想，到底是否有这么个签名，最后想起来了，当时客户一直在强烈要求，而当时她也忙于别的事情，想赶紧脱身，就只好先签上名了，本想过后再想办法替换掉那份合同的，但后来一忙，就给忘了，以至于留下了后患。

"说吧，你的条件是什么?"她尽量表现出冷静和克制。李伟利说："晓菲，你也知道，我对你一直是真心的，所以还是我以前跟你提出过的那个要求。"文晓菲立刻感到一阵厌恶，从一来到公司，这个李伟利就一直纠缠她，对这个离婚男人，她没有一点好感。"那是不可能的。倒是我可以给你一部分钱。""你也知道，如果我把这个证据交出去，你就等着公安局的通缉令吧，所以，对你这个人，我可以要一次、两次或者多次，你自己选，至于钱，总要分一半吧。"

文晓菲不慌不忙地说："那好吧，既然你敬酒不吃吃罚酒，我就干脆挑明了吧。你如果不想被公司除名，你如果不想让多冠臭名远扬的话，最好还是不要提这种无理的要求,你的,还有公司里所有那些丑陋的事情,我这里都有原始的资料,如果我交出去,后果你自己好好想想吧。”

然后就挂断了电话,换了手机和住处,确信再没有人能够联系上她。

三

文晓菲决定去旅游,这几年她感觉自己太累,也太压抑了。现在,终于可以有了属于自己的时间。她想忘记一切。

她喜欢探险,大学的时候,经常跟男友一起去大山大河,感受冒险所带来的快感和刺激。从网上查了一下,得知省城往西南方向大约两百公里的地方,有一座大牛山,这里山高林密,悬崖陡峭。她带好了装备,到达的时候,正值中午,那裸露的岩壁、峭石,被阳光照得发亮,与绿的树、青的田互为映衬,显得分外壮美。重重叠叠的高山,一座靠着一座,沉睡着不知过了几千万年了。这里人迹罕至,真是冒险家的好去处。这时她想起了以前跟男友刘再峰去探险的那些美好时光,心里禁不住有了些许落寞和消沉。

文晓菲跟刘再峰是大二的时候认识的,他们非常相爱。尽管两人都是农村走出来的,但依然享受着恋爱的美好和浪漫。文晓菲漂亮的外表吸引了不少男子,其中不乏富家子弟,但是都被她拒绝了。这让刘再峰非常感动,发誓会一辈子对她好,并许诺会让她富足,让她幸福。毕业后工作了两年,他们决定先结婚。而房子的问题始终困扰着两个人,租房子的烦恼让文晓菲有过怨言,也说过诸如“没有房子就别结婚”、“有房子才有一切”的气话。看着心爱的人受罪,刘再峰抱着文晓菲说:“亲爱的,我一个大男人不能让你住得好,简直就是我的奇耻大辱。”她赶紧捂住了他的嘴,为自己的怨言感到后悔,说:“我们还是先创业吧,一切都会有的。”刘再峰却上了邪劲,非要先买套小户型的房子,否则甘愿不结婚。知道拗不过他,文晓菲只好作罢,拿出了自己微薄的积蓄。他又回到老家里,东挪西凑了一些,总算交了首付。地产商许诺,四个月后就可以入住新房了。于是他们边张罗结婚事宜,边翘首以待。眼看四个月过去了,有人已经拿到了钥匙,房产商却对他们冷眼相待。连着去了好多次,最后,他们才说:“要想拿到钥匙,必须再加钱。”刘再峰当场就急了,指责他们不讲信用。他们却傲慢地说:“没看到吗,现在的房价是一天一个样,合同上写得清楚啊,说要随着市场价格的波动而相应地增减首付和最终的房价。”

“不是这样吧,哪有这样的规定?”刘再峰底气十足地掏出当时所签订的合同,没错,白纸黑字,果真是这样写的。这才知道,当初签合同的时候,被这伙人给掉包了。“卑鄙,无耻!”他大骂道。房产商却根本不在乎,告诉他们现在有两条路可以选择,一条是认可当时的合同,加钱;另外一条是退房。刘再峰气不过,跟他们发生了争执,最后却被毒打了一顿。

婚结不成了,刘再峰感觉没有脸面对心爱的人。留下一封信,从此音信全无。文晓菲只好含泪离开了那个城市,来到省城。至今,仍然没有联系上刘再峰。她甚至一度怀疑是多冠公司的人把他给绑架了。

睹山思人,难受之情可想而知。她当天接连攀爬了两座高山,下决心要把这里所有的山峰都攀登完,好以此来抹去内心的伤痕。于是她白天爬山,天黑了就到山下的旅馆去住,倒也逍遥自在。

她发现这里有很多山洞,几乎都是深不见底。她忽然想出了一个计划。

四

QQ一直在闪动着,“翘尾傲鹰”谈兴不减。文晓菲已经跟他聊了一个多星期了,旅游时,她告诉他自己酷爱爬山,他说自己也是这样的男士,并许诺等她哪天方便了,一定陪她去爬山。跟他交谈中,他时不时会露出一些色言色语。虽然文采不错,但表现相当轻浮。文晓菲施展技巧,一直吊着他的胃口。时间不长,已经让他对自己很着迷了。

现在,“翘尾傲鹰”突然想视频,并说如果不视频的话就不想聊了。以前还好说,因为手机聊天无法视频,可现在自己是用电脑上网的,没有拒绝的理由。怎么办?“我早晚会让你看我的,我可以给你发送照片啊,请你理解,我真的不喜欢视频,至少现在不喜欢。”可是对方依然不依不饶。文晓菲只好说,那你等等吧,我要先打扮一下自己,第一次让你看,总不能太差劲吧。说着就下线了。她以最快的速度,来到附近的一家网吧,打开自己的QQ,然后找了个漂亮的女孩,往她手里塞了两百块钱,让她在摄像头前露露脸,他们约定好,同时打开视频。文晓菲站在死角处,看见了熟悉的那张脸。女孩也非常配合地摆了个优雅的姿势,然后就关闭了视频。

回到家里,文晓菲重新上线,对方却理也不理了。她连着打了几串问号,他才冷冷地说:“别逗了,你在网吧里聊天啊,骗谁呢！请问哪个白领会去网吧聊天啊。别看你长得漂亮,保不准就是个饭店服务员。”

“果真老道!”文晓菲骂了一句,为自己的粗心而懊悔,忙做了一番解释,说自己忘了带家里的钥匙,因为很想他,所以只好去了周围的网吧聊天,并故作生气地说:“信不信由你,不聊就算了,你才是服务员呢!”然后就下线了。

一整天,文晓菲都没有上线。再上时,她也没有主动联系“翘尾傲鹰”,倒是对方很着急了,一个劲儿地向她道歉,说相信了她的话。她还是故意不理他,他好话说了一大筐,她这才勉强说好吧,就原谅你这一回。像往常那样,“翘尾傲鹰”没聊几句,就迫不及待地问什么时候能见面。文晓菲说这段时间自己很忙,等忙过这阵一定会相见,对方说那我相信你,漂亮女人都不会食言的。文晓菲回了个调皮的鬼脸。

五

文晓菲是原先上班时候，不经意间得知副总李伟利的QQ号码的。她早就听说这个李伟利非常花心，经常跟漂亮女人聊天，还经常约会。有一次陪客户吃完饭，他竟然趁着醉意，在大庭广众之下，非礼了她。对他，文晓菲不仅充满了讨厌，更多的是一种愤恨。

她来到省城，没想到自己竟然加入了这个公司。六年了，李伟利竟然没有认出她来。六年了，多冠房地产公司从一个小公司发展壮大，业务从一个小城市拓展到全省。当初，她跟刘再峰买的房子就是多冠开发的，代表公司耍赖的就是这个李伟利。所以，从第一眼看见他，她就想着总有一天，会报复一下，为当初的耻辱，更为仍杳无音信的男友。一个偶然的机会，她接触到了公司的原始档案，才发现在公司的发展中，欺骗客户的事情层出不穷。非但如此，公司还靠着贿赂官员获得土地使用权，获得强制拆迁权，甚至建楼的时候都敢偷工减料。可以说，多冠靠着吸人血完成了原始的资本积累，又靠吃人骨头壮大起来。

多冠开发的高档住宅卖得很火。在买主中，文晓菲挑了一些不良官员，在合同上做了手脚，把车库隐瞒下来。这些官员，都是多冠行贿的目标，他们买房子都不是立刻居住的，所以一时也不会因没有车库而感到不方便，等以后感觉到了再找合同时，文晓菲已经远走高飞了，剩下的就是他们跟多冠血拼吧。她也知道，这些人是无论如何得罪不起的，公司只能好话说尽，然后出点血摆平，这叫以其人之道还治其人之身吧。文晓菲多次为自己的精彩表演而暗自喝彩。

有了钱，文晓菲并没有挥霍，她没有买车，也没有买房，仍然住在出租屋里。她知道这里不是她的根。她想完成最后一个计划，然后从这个城市里闪身。

除掉李伟利，这个设想初进入大脑的时候，连她自己都吓了一跳。这是她人生中最疯狂的一次举动了。她为此犹豫过，挣扎过，但奇怪的是，每次内心里挣扎过后，反而更加坚定了她的决心。不再犹豫后，她进入了计划的实施阶段。

六

自从得知文晓菲握有对公司不利的证据后，多冠一刻也没有闲着。为此，他们找了私人侦探公司，寻找文晓菲的下落。负责这件事情的就是李伟利。文晓菲却提醒自己尽量不出门。她知道，抛出了手里握有公司证据这件事情，可以躲过暂时的威胁，却为自己埋下了一颗随时可以引爆的定时炸弹。

她现在想物色一名助手。由于她有一个十分惹人眼的网名——“温柔小妇”，所以吸引了不少男士网友的注意。这天，有个叫“出手阔绰”的网友主动加她。她试着跟他聊。“看起来你很富有啊？”她问。“除了缺钱之外，我什么都是阔绰的。尤其是不乏同情心。会路见不平一声吼的。”他回答，紧接着他有补充道：“朋友们都叫我‘仗剑大侠’。”

“外号真不错，你很仗义啊，那如果我遇见麻烦了，你能帮我吗？当然我会给你一笔钱的。”

一听有钱，“出手阔绰”很感兴趣了，说只要不让他杀人，做什么都可以考虑的。文晓菲说杀人可不敢，顶多就是打一下。她说钱不成问题，不过你要在两分钟之内打开视频才行，我要看看你长什么样的，不会是瘦骨嶙峋一杆秤吧。没想到“出手阔绰”立马就打开了视频。文晓菲看见了一张还算英俊的脸，对方又站起来亮了亮结实的肌肉。“是块好料子。”她心里想。

接下来的两天，他们已经聊得非常投机，并详细谈了计划。

这天，文晓菲出去买了些必备的工具。等回来的时候，刚打开门，就发现房间里有一个身影晃了一下，然后迅速地从窗户上消失。文晓菲非常震惊，快步来到窗子跟前，发现防盗网被人掀开了。她又来到自己的卧室，里面一片狼藉，她查看了一下，自己保存的多冠公司的材料已经不见了。

“该死的李伟利！”她咬了咬牙。这才后悔出门的时候不该带着天天，要是天天在家里，或许会像上次那样，咬断对方的手指头。可是后悔也晚了。天天像做错事的孩子一样，低着头坐在地上。

文晓菲打开电脑，看“翘尾傲鹰”正好在线，她说自己正好明天休假，可以赴约了。“翘尾傲鹰”非常高兴，发过来一个高兴的表情，看那样好像马上就可以抱得美人归了。“亲爱的，我们还是去宾馆吧。”他已经不是第一次提这样的要求了。可是文晓菲却坚持：“亲爱的，我不是说过了吗，在野外才有滋有味，我喜欢大自然的味道，那种奔放的野性让人着迷。”他只好老老实实地答应了。

然后，她又向“出手阔绰”发出了指令。由于已经预先得到了一部分钱，“出手阔绰”表现得非常卖力，向她出了不少主意。文晓菲曾经练过散打，大学毕业那年，还获得过全省的散打比赛业余组冠军。文晓菲感觉这次行动万无一失了。

七

山高林密的大牛山又迎来了新的客人。只不过，这次的客人是带着杀机而来。

文晓菲通过QQ和电话跟“翘尾傲鹰”一直保持着联系，并把他一步一步引到人迹罕至的地方。眼见差不多了，文晓菲在暗处看见李伟利顺从地听自己摆布，非常高兴。之前她已经跟“出手阔绰”会合了，并交代了他出场的时机。现在就等着大鱼自己上钩了。

她先丢下了一个睡袋，吓了李伟利一大跳，紧接着跳下来一个戴墨镜的大美女。为了这次见面,文晓菲可以说是把自己弄得面目全非,不仅剪掉了心爱的长发,把乌黑的头发给染了、烫了,还割成了双眼皮。看上去,就是一个成熟,风姿绰约的少妇。

“果真漂亮。”李伟利笑着说。没有半点过渡,上来就想拥抱文晓菲。文晓菲躲闪着,然后趁李伟利不注意,飞起一脚,踢向了他的头。要在往常,这个大胖子是很难躲过去的。可是李伟利好像有所准备,头竟然闪开了,不过这一脚还是落在了他的脖子上,尽管力量小了不少,还是把他疼得龇牙咧嘴。

“好你个文晓菲,够狠!”李伟利大声喊着,从衣服里掏出了一把刀子。这倒是让文晓菲一愣。“你叫我什么?”

“呵呵,菲菲,别演戏了,也别再耍小聪明了,我早就通过聊天,知道了你的身份,你热爱探险,热爱爬山,这个我早就知道。”

“知道了也已经晚了。今天你既然来了,就别想活着回去了。拿着刀子你也是个大草包。”说着就又一脚踢来。

李伟利慌忙躲闪,说:“到底谁不能活着回去还不一定呢,既然我今天敢来,就已经做了充分的准备。不信你看看后面。”

文晓菲用眼角斜看了一下,果真有个穿风衣的男子在后面,向她扑了过来。她赶紧回身应对。不过她立刻感到了对方的厉害,应当是个职业杀手之类的。她不由得有些担心。“我们可以好好谈谈,”李伟利阴阳怪气地说,“把你的证据交出来,我可以放过你,别再捣乱了,公司里不追究你的责任就够给你面子了,还想怎样?”

文晓菲大骂他无耻。李伟利皮笑肉不笑地说:“你事先计划要把我扔进山洞里,不过如果你不配合,那现在要反过来了,该我计划计划了。我会杀死你,这老山深洞可真不错啊,你不是喜欢大自然吗?”文晓菲不停地跟那个男子打斗着,不过已经越来越感到力不从心了。

好在此时,一直埋伏着的“出手阔绰”出手了。这倒是让李伟利和那个男子始料不及。小伙子果真厉害。一会就让男子疲于应付了。不过,那个风衣男子从兜里掏出来一把枪,恶狠狠地说:“看你厉害,还是这个厉害,告诉你,这可是真家伙,要不在你身上试一试?”

李伟利从地上爬起来,吼道:“今天让他们有来无回,动手杀了他们!”男子举枪对着文晓菲。正在这千钧一发之际,从树后面窜出来两个人,向拿枪的男子扑了过来。枪掉在了地上,“出手阔绰”也一跃而起,重重地把风衣男子压在身下。李伟利目瞪口呆,他吓坏了。

文晓菲这才看清,来的两个人都戴着帽子,一时看不清真面目。不过,他发现其中一个人的左手,少了一根指头。她禁不住心里一颤,不知道对方什么来头。

说时迟那时快,他们已经飞快地用绳子将李伟利两个人捆了起来。文晓菲抓起地上的一把刀子,向李伟利捅了过去。李伟利绝望地闭上眼睛。可是万万没想到,关键时候文晓菲的手被人给抓住了。

“菲菲,你没事吧?”一个人走了过来,摘下了帽子。这下,文晓菲呆了,这不是刘再峰吗！她的眼泪禁不住夺眶而出。

“他是一个吃人不吐骨头的畜生!”文晓菲叫道。刘再峰说:“让法律去惩罚他吧。一旦你杀了人,就没有了未来。我已经报警了,警察马上就会赶过来的。”

“可是我没有了证据。”文晓菲痛哭起来。

“一切都逃脱不了我们的手掌。”刘再峰说。这时,山下响起了警车的声音。

八

当初,刘再峰因为买不起房子,感觉对不住心上人,悄然离去,发誓要出去干出个样子来。他来到省城找了份工作。后来在一个偶然的机会下,他得知文晓菲也来到了省城。本想去找她,但是考虑到自己的事业尚没有着落,还是什么都给不了她。也许太过于想出人头地,他的事业一直没有多少起色,只靠少得可怜的薪水聊以度日。直到最近,他才跟朋友合伙开办了一家公司,并逐步走向盈利。

从一开始,他就一直关注着文晓菲。他原以为文晓菲会忘掉从前的一切,甚至会结婚。如果真是那样,他会祝福她。

后来多冠公司截留车库东窗事发,他隐约感到,文晓菲可能参与了这件事。文晓菲神不知鬼不觉地搬离原来的住所,他一下子见不着她了,心里很着急。

正在这时,他发现多冠雇请了私人侦探寻找文晓菲的下落,于是他就螳螂捕蝉黄雀在后,一直跟随着私人侦探,最终找到了文晓菲新的住处。他原以为多冠会对她下毒手,后来才确信多冠是来搜寻什么东西。

第一次来文晓菲的住处,是一个中午,刘再峰以为文晓菲还没有度假回来,于是就用工具撬开了文晓菲卧室的防盗网,想把证据带到一个安全的地方。可是手刚扳住窗台,就被天天给咬住了,情急之下,他只好死拉硬拽,手指头竟然被咬断了。不过他还是有新的收获。就是最后的一瞥,他看见了文晓菲电脑上的QQ号码。他主动加她为好友。那天文晓菲要求视频的时候,他早有准备,拉过旁边的朋友王晓战站在摄像头前面。

后来,他发现私人侦探公司加紧了活动,他本想通过网络聊天告诉她,让她注意,可是又怕暴露自己的真实身份,于是就只好再次冒险前来。这次,他轻而易举地钻进文晓菲的房间,拿走了她手里的证据,没想到他前脚刚走,私人侦探后脚就进来了。

再后来,他让王晓战如约前去大牛山帮助文晓菲,然后又跟另一个朋友尾随而至,以防不测。

刘再峰把证据交出来之后，整个业界都震惊了。为此，多冠公司多名高管被逮捕。

在后来的日子里，刘再峰提出来说："亲爱的，我们结婚吧，这次我一定会让你住进宽敞明亮的大房子里。"

文晓菲淡淡地一笑。居者有可以没其屋，但精神一定要有一个归宿。

于是她说："结婚，我答应你。但是有一个条件——我们回你的老家吧，在乡下，或许没有房子的烦恼。"